孟繁华　主编

年百部篇正典

红豆
宗璞

洼地上的『战役』
路翎

铁木前传
孙犁

柳堡的故事
石言

北方联合出版传媒(集团)股份有限公司
春风文艺出版社
·沈阳·

图书在版编目（CIP）数据

柳堡的故事/石言著. 洼地上的"战役"/路翎著
. 铁木前传/孙犁著. —沈阳：春风文艺出版社，
2018.7（2022.1重印）
（百年百部中篇正典/孟繁华主编）
本书与"红豆"合订
ISBN 978 - 7 - 5313 - 5461 - 1

Ⅰ. ①柳… ②洼… ③铁… Ⅱ. ①石… ②路… ③孙
… Ⅲ. ①中篇小说 — 小说集 — 中国 — 当代 Ⅳ.
①I247.5

中国版本图书馆CIP数据核字（2018）第086889号

北方联合出版传媒（集团）股份有限公司
春风文艺出版社出版发行
http://www.chunfengwenyi.com
沈阳市和平区十一纬路25号　邮编：110003
北京一鑫印务有限责任公司印刷

选题策划：单瑛琪		责任编辑：刘　维	
封面设计：琥珀视觉		责任校对：于文慧	
印制统筹：刘　成		幅面尺寸：145mm × 210mm	
字　　数：142千字		印　　张：5.75	
版　　次：2018年7月第1版		印　　次：2022年1月第4次	
书　　号：ISBN 978-7-5313-5461-1			
定　　价：28.00元			

百年中国文学的高端成就

——《百年百部中篇正典》序

孟繁华

　　从文体方面考察，百年来文学的高端成就是中篇小说。一方面这与百年文学传统有关。新文学的发轫，无论是1890年陈季同用法文创作的《黄衫客传奇》的发表，还是鲁迅1921年发表的《阿Q正传》，都是中篇小说，这是百年白话文学的一个传统。另一方面，进入新时期，在大型刊物推动下的中篇小说一直保持在一个相当高的水平上。因此，中篇小说是百年来中国文学最重要的文体。中篇小说创作积累了极为丰富的经验，它的容量和传达的社会与文学信息，使它具有极大的可读性；当社会转型、消费文化兴起之后，大型文学期刊顽强的文学坚持，使中篇小说生产与流播受到的冲击降低到最低限度。文体自身的优势和载体的相对稳定，以及作者、读者群体的相对稳定，都决定了中篇小说在消费主义时代能够获得绝处逢生的机缘。这也让中篇小说能够不追时尚、不赶风潮，以"守成"的文化姿态坚守最后的文学性成为可能。在这个意义上，中篇小说很像是一个当代文学的"活化石"。在这个前提下，中篇小说一直没有改变它文学性的基本性质。因此，百年来，中篇小说成为各种文学文体的中坚力量并塑造了自己纯粹的文学品质。中篇小说因此构成百年文学的奇特景观，使文学即便在惊慌失措的"文化乱世"中也取得了令人瞩目的艺术成就，这在百年中国的文化语境中不能不说是一个奇迹。作家在诚实地寻找文学性的同时，也没有影响他们对现实事务介入的诚恳和热情。无论如何，百年中篇小说代表了百年中国文学的高端水平，它所表达的不同阶段的理想、追求、焦虑、矛盾、彷徨和不确定性，都密切地联系着百年中国的社会生活和心理经验。于是，一个文体就这样和百年中国建立了如影随形的镜像关系。它的全部经验已经成为我们最重要的文学财富。

编选百年中篇小说选本，是我多年的一个愿望。我曾为此做了多年准备。这个选本2012年已经编好，其间辗转多家出版社，有的甚至申报了国家重点出版基金，但都未能实现。现在，春风文艺出版社接受并付诸出版，我的兴奋和感动可想而知。我要感谢单瑛琪社长和责任编辑姚宏越先生，与他们的合作是如此顺利和愉快。

入选的作品，在我看来无疑是百年中国最优秀的中篇小说。但"诗无达诂"，文学史家或选家一定有不同看法，这是非常正常的。感谢入选作家为中国文学付出的努力和带来的光荣。需要说明的是，由于版权和其他原因，部分重要或著名的中篇小说没有进入这个选本，这是非常遗憾的。可以弥补和自慰的是，这些作品在其他选本或该作家的文集中都可以读到。在做出说明的同时，我也理应向读者表达我的歉意。编选方面的各种问题和不足，也诚恳地希望听到批评指正。

是为序。

2017年10月20日于北京

目　录

柳堡的故事

石 言

一

　　四班长向我汇报他班里的工作。汇报完了，他面色忧愁，望着我慢吞吞地说："指导员，我们那个副班长思想有点不大正确哩！……可能性，他企图腐化，跟我们班驻地的那个姑娘。"我不由得小吃一惊说："噢，这小鬼！"

　　我一向把四班副当小鬼看待的。我看着他长大起来。"成分统计表"上有一种出身叫"革命士兵"：十六岁以前参军，没有在社会上干过任何职业的。四班副就是这么一个人。一九四一年，他从晚娘的拳头底下偷跑来参军的时候，才十五岁，同志们瞧见了都笑："哈！一个大兵！好大个子！"我当时在这个连里当文化教员，他的名字叫李进，便是我替他改的，那时他总是满身灰尘，滚圆红脸，背着根小马拐子。人小心不小，他逞强好胜，越说他小他越装大，他的小马枪照样能叫二黄下跪交枪，他的手榴弹也能打三十多米远，把鬼子打翻到河里。……现在，尽管他已经长得跟我差不多高，尽管他唱起歌来喉咙已经有点沙，我总认定他是小鬼。所以四班长这么一说，真出乎我意料。但再一想：今年……一九四四！他十八岁了哩！也难怪。

我这些想头，只不过喊一个"向右看齐，向前看！"的时间，便闪过了。四班长又说："我们部队刚一到，那姑娘便不住在家里了。过了几天又回来了。估计情况是她家爹爹叫她'打埋伏'到亲戚家去，避避我们的，后来看我们不错又拉回来啦！……年纪很轻，看样子跟副班长差不多！"他轻悠悠地笑了笑。

我想起来了！四班长住的那家只有前后两个草屋子，前屋门向北，后屋门向南，两个屋子门对门，只隔几步天井，是户穷苦人家。宿营房子就是我分配的。那天我是看见有个小姑娘，是相当漂亮。我虽然是指导员，看到好看的女人也会注意一下的。而且我当时还想过：四班住在里头不要出纰漏，但也没有牵连到李进头上去。后来想想腐化的事情在我们部队里毕竟太少，何必多疑，也就忘记了，我好糊涂！

这就是我指导员的麻烦事情来了。我问："有没有真腐化呢？"四班长说："看样子还不会，发展下去就难说。……本来我也没有注意，只不过看到李进这两天的装扮，就像要出去表演秧歌舞似的……"

噢！我又想到了。前天，李进和一些人挨在我身边读报，我闻到有一股香气，正想查问，营部又派通信员来催我开总结会去了，这几天真忙。不过爱漂亮也不一定就企图腐化啥！我问："就这样吗？"四班长很犯愁地说："哪里？给马小宝撞破了！星期一上午，我们不都出去打野外吗？副班长说肚子痛，我叫他在家里睡睡吧。后来不是练习攻碉堡叫回去拿木头手榴弹吗？我们班是马小宝回去的，他莽莽撞撞一家伙奔进南屋里，却看见：我们副班长还躺在铺上，那个姑娘坐在他旁边，一看到马小宝冲进去，那姑娘唰地站起来，两个人面孔都涨得像红柿子。马小宝跟李进一贯顶要好，站在那里倒呆了。那姑娘一低头溜出去，李进看样子心定了些，对马小宝连连摇手说：'不要讲，不要讲。'马小宝开他玩笑问：'你吃到了吗？'李进说：'瞎讲！没有这个道理，你不要广播！'马小宝答应不广播，不过他汇报给了我。"

我问："那姑娘家里发觉没有呢？"我很担心影响问题，这里是新区，游击区，群众对我们新四军不算了解的。四班长倒放心地说："不会发觉，那天她家那个老爹爹一早出外给粮户家浇场去了，不在家。她妈妈是个半聋子，又有点什么鬼病，一天到晚躺在房里哼哼唧唧的，剩下个十一二岁的小弟弟，正跟我们一块打野外呢！"

我又问："那么班里其他同志也都不知道喽？"四班长说："才怪，不知怎么搞的，到昨天全都知道了，昨天晚上便扯起这个乱谈来。""他们反应怎样呢？"四班长想了想说："反应？反应倒没有什么，大家多半是说着有趣的，也知道他不曾腐化。总是说人长得漂亮到底好，像我们副班长多得力。不过这么一来，副班长今后讲话的威信方面是有点成问题。平时顶抬杠的何金标，这会儿二话不说，光是笑笑。"我问："那么李进他怎么样？"四班长说："他还蒙在鼓里呢！大家知道他顶爱面子，没有当面揭穿。不过从星期一到现在，唉！五天啦，我有心注意着，李进他们两个，姿势的确有点两样。"我问怎么两样法。四班长笑起来说："就是跟平常不同罢喽，我也装不来这眉眼。"我知道，四班长是个"老好人"，讲话怪有趣，人却顶忠实。我说："那么你这个班长的意见是怎样处理好呢？"他说："我想，最好你找他谈一谈，还有……"他忽然犹豫起来，试探着说："我们四班跟连部调一调房好不好？"

我完全体会他的意思，李进是他班里的战士提升当班副的，四班长疼爱他的副班长，就像父亲疼儿子一样。他内心一定在同情这个十八岁的青年。他舍不得熊他，而且李进个性强，不容易转弯，他没有办法了。我便说："我先找他谈吧！调房子的问题要跟连长商讨。"

四班长临走，微微地叹口气，自言自语："要都是老百姓，倒是很好的一对呢！"

我就去找李进。

李进确实有些花花绿绿。这几天我忙着开会总结五个月的政治工作，跟战士个别谈得很少，上课、点名，副班长总是在并列纵队的后面，我没有专心去看他。唉！他确实是变得格外漂亮了！

我一眼从他头上看到脚上：他戴着顶士林布天蓝色的军帽，不消说是自己找洋机"踏"的，新发的铜青色军装又挺又干净；皮子弹带的纽子底下衬着红绸子，还束上条黄铜头闪亮的鬼子皮带，上面挂着刺刀；腿上是他在夏家渡战斗缴到的鬼子黄呢绑腿，用什么蓝色染过了，成了墨绿色，打得滚圆挺直；脚上穿着自己做的两截头鞋子，白色的，用天蓝布镶着皮鞋式的边……我走近时，闻到一些香气，据说营部有一个通信员打仗捡来一瓶什么"滴滴娇"，保存着，李进必然也是走这条路线搞来的。我顿时火冒心头，我最见不得"屁精"！

李进发觉我在研究他，不免心虚，笑眯眯地叫了声指导员。我说："来！我跟你谈谈！"我们沿着小河边的柳树行便步走起来。

走进一棵大柳树的荫下，我转身停步，一手撑住树干，劈面问："李进！你近来在动什么脑筋？"我知道，这小鬼非常机灵，明人不必细说。果然，他连头颈都通红了，低下头一阵子，可又忽地抬起头来，黑眼珠射出顽皮的光，照旧活泼胆壮，他旁若无人地说："我晓得秘密暴露了，排副上午看到我，点点头说：'你要犯错误了，你要！'指导员，我并没有犯错误！"

我两眼盯着他，说："那么你为什么打扮成这副屁精架子，花花绿绿不害羞？"

他好像浑身钻进了大麦芒，低下头说："我承认，思想不正确。""你有没有跟那姑娘腐化呢？""没有！"我虽然已有九分相信，还得追问一句："坦白一点讲，有没有？"他摊开手说："真的没有！指导员，我对你还会说假话吗？没有就是没有！"

我索性在树根旁坐下来，拍拍青草叫他也坐下。我说："那天你假装肚子痛的事情，你一五一十地告诉我。"

他闭起眼睛咬咬嘴唇，看来在组织他的发言。这小家伙向来伶牙俐齿，喜欢把话说得很周到的。一会儿，他开始了："我倒真是有点肚子痛，没有什么大不了，就是赖在屋里，我自然是想找她讲几句话。我躺在那里，想空头心思，想怎么样同她攀谈法呢？我还在定计划，她倒先来了，端了碗开水，放在我旁边小桌上，叫我喝。""她就坐在你旁边？""不！她起先还站着的，她问我我们部队里有没有医官，生病为啥不叫医官看看。我本想说我肚子痛是假的，是想她。我倒偏偏说不出口，也不懂我为什么反倒假正经起来，客气得很，我说一点点肚子痛不要紧，歇一歇会好的。她说怕受凉了，喝点开水吧，拿起碗要来喂我，我一慌一抢，把开水泼了一桌子……"

我忽然闪起个念头，是女特务吗？

"她还要去打开水，我就拉住她，我说肚子痛好了，我们谈谈心吧。她才抹干桌子坐下来，我一下子心慌得要命，不晓得说啥好。后来我问她年纪、家里情形。她也问问我家里的事情，她说她不高兴待在家里，随便到什么地方去都可以。她又问部队的事情，问跑路多不多？打仗怕不怕人？是不是一不好就要杀头？问我们有女兵吗？那批女兵怎么过日子的？"我问："她有没有问我们番号，问我们人数、武器、弹药这些话？""没有。""后来呢？""后来马小宝就来了！"我想了想，考虑他话的真实性。他倒问："马小宝汇报了班长吧？"我唔了一下。李进说："我晓得他总要汇报的，他是党员！"口声里并没埋怨的意思，却有一种"无所谓"的调子。我不满意了，我说："你难道不是党员吗？同志！"

我就把腐化是破坏群众纪律最严重的道理说给他听，这是很大的错误，军纪党纪都不容许。他却说："我不是想腐化，随便腐化当然犯错误。谈恋爱不作兴？'小兵癞子'就不作兴谈恋爱？"

"谈恋爱"这三个字他说得有些生硬，我知道他是学来的。我觉得有点好笑，我说："你这是算在谈恋爱，不算腐化喽？"他说："当然！我是真的要她，正式的，我不会三心二意！"

嗬！"小兵癞子"，他真的要她！他在转什么念头呢？他倒长期打算了？是的，每一个人都有他自己的梦想，特别是"和平以后怎样怎样"的梦想，有的想回家种田抱儿子，有的想回去找伪乡长报仇。那么他在打什么如意算盘呢？我说："你是新四军，她是老百姓，你怎么要她呢？休想！"他脸一红说："你们上级不是说'今年打垮希特勒，明年打垮日本'吗？"我明白了，我说："你倒想先搞好关系，等抗战胜利了跟她结婚吗？"他闷住头说："你猜到就算了！"但接着又天真地说："上级要我仍旧在军队里，我就请假一趟，把她接回去。上级分配我到家里地方上去工作，我可以一面种田一面工作。她说她什么都会做：车水、薅草、做衣服……就是耕田不会。"这个孩子气的"胜利梦"倒真美满，我说："你已经跟她讲定当了吗？"他说："没有，讲了也作不来数的，保不定哪一仗我吃颗花生米'报销'了呢？害她？"

我想，他的"部署"是确有根据的。去年春天，我们住在通东（即南通东边），离他家乡不远，他父亲来了两三次，说他晚娘已经死掉了，叫他回去吧！他是大儿子，他家乡已经减了租，生活好多了，回家是吃得开的。但是不行，军队的纪律不容许！不能批准这个恋爱的"计划"。我向他说明：老百姓还有封建头脑，特别是新区，要反对我们的，曹老头儿第一个会跳起来。同时，一个人这样，部队里个个都可以这样，那还成什么军队？他内心斗争了，啪嗒啪嗒地把子弹带子的揿钮又开又关。我又告诉他，他这种行为首先就损害了自己的威信，班里全知道他的事了！

他震了一震，抬起头来说："噢！这么说他们是看到了！"我问看到什么，他说："前天晚上，我带哨回来，我们班里三个人也下哨了。我在前面走，走到家门口，看见二妹子在外面等着。

噢！她叫二妹子，她等在屋子后面呢！拦上来要同我讲话，我拼命摇手，何金标他们就在后面跟着哩！我回头张望，没有看见他们，我想还好，推她进了屋子，天晓得怎么搞的被他们找到目标。"我问："她没有跟你说话？"他说："没有，没有来得及。"我说："你知道她要说什么呢？"他说："我怎么晓得？"停了一下，他对自己说："哼！何金标一定要说我鬼话了……好！由他说去！"我说："怎么能由他说去呢？你'横竖横'了？决心违反纪律了？"他想了想说："我坦白讲，指导员，你的话我哪有不相信。在你面前我也想：丢开算账，拖泥带水什么？不过我一回去，一看见她，思想就霍地变了，自己也做不来主。你不晓得，她这两天老是望着我，眼睛水光滟滟的，像要哭，我住在她家里，真是不安心！"

这小伙子的心是被人家占领去了，这样搞下去，要他不犯错误真不保险，我于是决心调房子，虽然这是下策。我说："给你们四班调一个家里住住吧？"他很爽快地回答："好！"唉！他是会下决心的，这大孩子！

二

我和连长、副连长讨论了一番，决定住到四班家里去。

这时是一九四四年五月，部队打了车桥战役，淮宝地区的局面打开了，便深入这新区来整训新兵。刚开辟的地方，政府人员还没有来到，群运"双减"当然谈不到。我们住的庄子离伪军据点蒋桥只十五里，特务活动是准定有的。我找马小宝谈过，他说："本来我真想不汇报，后来看他们两个还是继续在'通无线电'，我想小团体观念到底要不得，万一那女的是特工呢！"

不过我们连住的小柳堡，是个穷庄，大都是佃户，不少帮工的，特工的可能性不大。

星期日上午我们忙了半天，跟四班调房，那家的老头子听说连长要来住，慌了手脚。我看了房子：北屋是他家正屋，虽有锅灶，却没烟囱，一烧饭就不能办公，南屋虽然破些，收拾一下还行，老头子和小男孩本是睡在南屋房里的。我同他商议，要他们一家住北屋，南屋腾给我们住，老头子连连点头，小男孩非常起劲地把破被、破衣服搬到北屋去。连长、副连长住房里，我和通信员们住外间。一直到摊开铺，挂好皮包，也没看见二妹子。司号员在外面吹开饭号了，大家都去集合场吃饭了，我还在找皮带，结果是通信员搬错了放在连长床上了。我走进内房里找了出来，却看到二妹子站在北屋门口，正向我们南屋望着发呆，她看到我，一转身进房去了。

我看清楚了，她有一对水汪汪的大眼睛，长得很俊俏，身体也健康，不过脸色阴凄凄的，像死了什么人。她穿一件灰色短衫，好像是柳条花的，但旧了，补得不少，而且太小了一点。她转身的时候，她那乌黑的辫子甩了个小半圈。我想：她哪里会是特务？我放心吃饭去了。

后来我找老头子扯扯乱谈，我了解他姓曹，今年四十五，看来却像五十挂零了，满面风霜皱纹，身上补补挂挂的。他大女儿嫁了，小男孩叫小猪，十一岁。他种了大柳堡汪老掌柜家三亩多田，还给老掌柜帮帮零工。他对我又恭敬又害怕，好似很不愿意我问他的家底，更不愿意我问他田地的问题，只是唉声叹气，我知道这是他怕事，减租减息的风声早从东南天吹过来了！

那么拉倒！我们部队几年来难得大练兵，这次任务很重要，发动群众这下子不是我们的事，不像特工就算。李进也在小组会上检讨过了。我想这件拖拖拉拉的事，总算告一段落。

我跟小猪却渐渐混熟了。这小孩儿活像他姐姐。到底是新区儿童，开始还畏畏缩缩的。有天我独自在家整理材料，发现他在门口侦察我，我对他咧咧嘴，他笑了说："你是指导员吧？""是呀！""你最好！"我凭空受了表扬，倒奇怪了，我问："我怎么算最好？"他头一歪说："李班副告诉我的。"

又一天，我胃痛老毛病发了，正躺在连长床上休息，后来好些。小猪来了，站在我身边好一会儿没动静，我正想问，他开口了："指导员，你们住在这里还走不走呢？"

我感到侮辱。一定是这个老头子在嫌我们了，希望我们走。我大声地说："不走！不走了！老住你这块儿！"小猪脸上没有表示什么，他想走了，准是有人叫他来问的吧！我慌忙叫："喂喂喂！我们要走的！哪一天走我也知道，就是不给你讲！""给我讲，给我讲！"他着急，我欢喜，我说："你先告诉我谁叫你来问的，我再告诉你哪一天走。"他说："不，你先讲哪天走，我再告诉你谁问的。"这小鬼的头好滑！不过到底是孩子，至少已经暴露了他是奉命而来的。我决定改变部署打迂回："哼！你不讲我也能猜到是谁问的！"

"你猜不到！""我猜得到！""你非猜不到！""我非猜得到！我猜到了怎么办呢？""你猜不到怎么办呢？"我拿起桌上的米突尺，对我左手心扇扇，说："我给你打十下手板子。我要猜到了呢？你给我打十下吧？"他望望我的尺又望望他的小手心，他动摇了，我连忙挽回危局说："不打你，就刮你十个小鼻子吧，轻轻的。"他笑了，说："你要猜不到，你就给我刮十个大鼻子吧。"我说："好！我猜啦！""你猜！""是你爹爹叫你来问……"

我话音未落，小猪哈哈大笑起来，跳着叫："十个鼻子，刮！十个鼻子！"我假装狼狈不堪，说："那是谁叫你来问的？""我二姐！她还叫我问你……"他突然缩住舌头咽口唾沫。我马上追击："还问什么呢？"他恢复了活泼，伸手过来说："不问不问！十个鼻子！"我把脸伸过去，但用手掌护住，我说："讲！你讲了我就给你刮。"他宣布了："她要我问，你们新四军娶亲不娶亲？……她想想又叫不要问了。"包围战胜利结束，我赔了十个鼻子，便一本正经地向他解释："我们要走的，哪天走不知道，上头一有命令就得走。讨老婆这会儿是不行的，要打走鬼子以后再说。"小猪忽然问："你们打鬼子二黄吗？"我说："打！怎么能不打？车家桥就是我们打的！……你说鬼子二黄好不好？"

小猪突地皱起鼻子，摇摇头，反身就跑出去。我听见他咬牙切齿的声音："我恨呢！"我一阵激动，急忙起来工作了。

当天晚上出了一件事情：

我身体不好，睡觉像猫一样容易惊醒。仿佛近半夜，我给一阵吵声搅醒了，那是从北屋房里透出来的。我听：曹老头儿咕噜咕噜地骂，又大声喝起来，而且还像在打什么。忽地又听见女孩子的哭声，不敢哭响，声音可非常凄惨。我周身火烧起来，正翻起半个身子，恰巧看见老头子从北屋扑奔出来，跑到屋外场上。接着，我竟听见一阵呜呜地号哭，像狗哭一般，这是老头子！

父女俩的哭声，老太婆的哼哼，忽高忽低持续了好长时间，我脑海里浪头起落：什么鬼事情啊！这样惊天动地的？难道李进已经闯下祸发觉了吗？……不可能的！李进小鬼在我面前从来不说谎的，什么内心话都肯翻出来！……那么又是什么呢？……我的结论是空想无用，以后再调查吧，我睡着了。

第二天老头子出门了，据小猪说是掌柜家叫去到远处收麦子了。是的，麦子熟了，团部已来了指示，叫帮助群众割麦子。吃过中饭，全连都在野外帮穷户割麦子。连部帮的就是曹家，二妹子和小猪领着我们，我们才仔仔细细地看见了她。她今天换了件天蓝色的短衫，还相当新。头发乌亮亮的，前刘海在风里飘飘，太阳光下，金黄的麦田，衬着她绯红的脸，的确很招惹人。不过眼睛有点红肿，那是昨晚哭多了的缘故。

四班割麦的田地恰巧在我们旁边，我注意着李进，李进却远远避开我们，头也不抬地闷割。二妹子倒似乎常在偷偷地向李进望，不过也许是我错了。

晚饭后照例做游戏，我加入战士一起做"捉汉奸"，也怪，今天李进特别来劲，一连抢做了几次民兵，挤着眼睛巧笑着，在我们身上摸来摸去。我看到他的呢子绑腿已经打在里面了，香气也没有。不过，他今天和往常恰好相反，仿佛耳朵和手脚都不灵活了，老是捉不到"汉奸"，老是罚唱歌。

哪知道就在这天的夜里问题明朗了。一点钟光景，我到各班去查铺，防止他们露天睡觉受寒。到四班，好几个铺空着，他们放哨去了。我走了一遍回来，脱衣睡下。过一会儿听见两个人噼里啪啦走来，那一定是五班副老郑和四班副李进来交哨了。我在这连里工作挺长时间了，晚上去营部开会回来，我们连的哨兵老远叫"哪一个？口令？"我总能听得出是谁的声音。几个班排干部，哪个脚步声都辨得清的。我从眼缝里瞧，果然是他们，在看香交哨。那时我们都用香盘来记放哨钟点，两支香一班哨。五班副很快走了。李进却轻轻地向我走来，他那两截头鞋子是新的，底硬，虽然他蹑手蹑脚，还免不了有些声响。我便装睡觉，还微微打呼。一会儿，又听他走到门口，我一眯眼，见他站在门槛上，靠着门框，外面月光明亮，他托着头，咬着指甲，像在想什么严重事情。后来，他走出门，咳嗽了几声，走了。我闭起了眼睛正式睡觉。

好一会儿我睡不着，燥热得很，我想：起来到外面凉爽一下吧，便披衣出门，走到屋角上……我急忙缩回身，我看见李进、二妹子面对面站在场心里呢！

我本想大声责问。但是看他们的神态显然很规矩，我想：还是看明了究竟再说吧。这时皓月当空，如同银片，我分明看见李进简直是虎起了面孔的，他们是在谈话，但是距离二十多米远，我听不清，正好一阵阵风吹来了，我听到二妹子在哭，她的肩头也动个不住。李进伸出手来，想扶住她，但好像又不敢。忽然二妹子一把抓住李进，拉住了枪皮带，把头也枕在臂弯里哭了。李进却像不知道怎样才好，呆在那里。我想：该我出去给他们当面解决问题了，便急忙套上衣服。正待出去，只见二妹子已面向屋子走来了，我避进南屋，由她回到了北屋，我便赶出去找李进。

三

我的群众观念多么薄弱！我竟这样不关心基本群众的苦痛，如此惨痛的现象摆在我眼前，我还如此麻木！当李进把二妹子的事情说给我听了之后，我真是惭愧。我深深地悔恨自己，我那小资产阶级知识分子的成分哪！

李进也非常冲动，他说话时胸口一阵阵发抖，像痛哭过一场似的。故事是这样的：

二妹子的姐姐，六七年前嫁给大柳堡一个姓刘的，外号叫刘胡子。刘胡子不大种田，收鸭子、鸭蛋，腌了跑南京、上海做生意，当然比曹家有钱些，他原是贪图大妹子长得好。这个人跑码头越跑越下流，吃喝嫖赌，债背大了，溜到韩德勤的"遭殃军"去当兵，一当就当了个排长，从此无恶不作，人都说他是茅屎坑里捞起来的砖头，踢到它又痛又臭。三年前，大妹子不明不白地死了。鬼子一扫荡，韩军都变成了二黄，刘胡子一升又升了个中队长，那真是火上加油。今年开春偏偏又驻防到蒋桥来了，这大河的南北，就算是他的天下。可是他从来不曾照顾过他的穷丈人。不知怎的，给他听到风声，说是二妹子长得比大妹子还好看。一天，他自己来了，带着枪、带着狗，他这几年又抽大烟又害疮，面孔一半青一半黄，三分像人七分像鬼。他对曹老头子说，打大妹子死后，他就不曾娶过太太，他要二妹子。老头子推三阻四，好丑不肯。刘胡子脸一黑说，他是要二妹子做正房，明媒正娶不动硬的，他要去请个大媒来说亲，看你肯不肯。就在我们部队来到的前两天，曹老头子的东家郝老掌柜来了。姓郝的原来是北方人，到这会儿可算当地一霸。曹老头子正是他脚底下的蚂蚁，郝老掌柜抢着棍子说："刘中队长的话你敢不依，你寻死找不到鬼，碰阎王啦？我们这一方勤皇保驾全靠他！"说好阴历四月十八要过门呢，刚好我们来了，郝老掌柜连夜逃进淮城，二妹子怕我们一走刘胡子就来，想参加我们部队，跟她爹爹说，她爹爹倒打了她。她便约李进晚上下哨后讲个明白，一定要参加部队。

我一时不知说什么好。李进说："指导员，让她参加吧！"我才清醒地看了看，李进脸色非常严肃。我正坐在河边，月光底下，河面一圈圈的波浪像河蚌壳儿一样白亮。李进又说："我们要一走，她就要寻死投河的！"

问题真是尖锐！我心乱如麻，只找到一个头：要救她，一定要救！

再一想，问题便复杂起来了。让她参加，不要说营连，团部也带不走，编制表上没有的，就不是我能解决的。上级也许会不同意呢？道理很明显：曹老头子既然反对，那么新区老百姓会不会说我们拐带闺女呢？同时，二妹子跟李进的事情，部队里很多人知道，她参加了，这就打开了一个缺口，以后什么人都可以扩大"女兵"了，中国农村里被压迫的妇女多得很⋯⋯当然，我个人，老是觉得这些理由都比不上二妹子的命要紧。但是上级会不会同意呢？

我有一个习惯：凡是不一定有把握的任务，我总得先把这事情的困难之处说给下级听，免得到头来完成不了，他们讲怪话。这时，我便把以上的理由给李进说明。

不料李进不大服气，我第一次碰到他公开反对我，他站起来理直气壮地跟我辩论："老百姓不会有意见的，这个庄上的老百姓，谁不恨透刘胡子？谁不恨透郝老掌柜？大家都在替二妹子着急！只要我们肯带二妹子走，老百姓哪个不拍手叫好！"

啊！我错了！我又暴露了我的弱点！我所说的老百姓，是模模糊糊的，不分阶级的。李进说的老百姓，是雇工、是农民、是我们的基本群众！⋯⋯造我们谣言的，不正是郝老掌柜那一票家伙吗？

李进又说像我们旅部那个什么干事，她不是人家的童养媳妇逃出来参军的吗！那时候听说一字不识，现在不也能工作了吗？

他索性挺起胸膛，舞着拳头，像做报告一样说："我不想要她！我可以在全连全营面前去坦白，承认错误……把她放到后方去！只要她不做二黄的老婆！……我一定要救她！同志们都会拥护我的！"

我被他感动了。他站在我面前，月光把他雄伟的军人姿势照耀得更见沉着刚强，恰像一尊青铜像。

我今天受到了教育，我更学会替群众着想，替二妹子忧愁，替曹老头子思量……我便想到曹老头子昨夜的痛哭。他难道不疼他的亲女儿吗？我不懂了！我站起来，抚着李进的肩头，我说："李进同志！我也要救她的！救人民就是我们的责任。不过你要仔细考虑：我们能救出二妹子，我们还能救出姓曹的一家吗？老的老、小的小、病的病……二妹子自由了，是的，但是刘胡子是什么人？郝老掌柜是什么人？你想他们会甘休吗？他们会把曹家的地抽了，他们会带了伪军来，把房子烧掉，把小猪挑在刺刀上……"

李进咬着他的拳头，我们紧靠在一起。我们仿佛觉得自己也变成受苦的老百姓了，天罗地网死黑沉沉地罩在我们身上，封建老怪树的根千盘万曲，扭死了一切！

李进却两腿一弹，说："哼！我们总有办法的！"

什么办法呢？打倒郝家的威势吗？组织民兵自卫吗？那都得发动"双减"才行，那时我们恐怕先走了。办法？只有打蒋桥！

李进也说了："指导员，请求上级下命令去打……"

但是蒋桥是个相当大的据点，在主要公路线上，有伪军一个多大队。如果没有打增援的部队，淮城日本鬼子乘汽车一个早上就可以赶到。我们部队靠他这么近，他胆敢不跑，也可见他的猖狂了。不是我们一个营一个连能打的！李进好像也懂得，他说着便住嘴了，狠劲踢踢地上的泥巴，又说："跟上级商量商量去，指导员！……有任务下来，我第一个完成！"

公鸡已经在啼了，一声，两声……

上午我就到营部去找"顶头上司"教导员，我把前因后果详详细细汇报了，教导员皱着眉心埋头苦听，营长踱来踱去，边听边骂。我说完，营长便道："我家里有个堂房姐姐也就是这样给军阀土匪掳去了的！……非揪他龟孙不可！"教导员说："你说那个刘胡子是不是一定会杀人呢？如果还不至于杀，那么我们就说服那个老头子，把姑娘交给我们保护吧。抽地什么那是不用怕，政府干部已经来了，再迟吧，几个月后也想必能开展减租斗争。你最好还是在空的时候找几个老乡调查研究一下……"

我回到小柳堡去调查，但是结果很不妙。穷爷们众口一词都说刘胡子是满天飞，他在蒋桥用马刀往人头上砍，还一面笑着唱小曲儿呢！

我垂头丧气回连部，正好曹老头儿从外面回来，背着个破包袱，神气比我还苦恼得多。他瞧见我，一把揪住我，拉我到草堆背后。他眼睛像赶急了的兔子一样，嘴唇抖抖地说："指导员，求求你，千千万万不要让我家二妹子上名字，你们不能带她走，她要一走，我，我全家都没命啦！……我上蒋桥去过啦！……你不看我的面，看小猪的面上吧！"

我逼紧他说："那你真要把二妹子送给刘胡子吗？"

他忽地蹬了一脚，抖抖地回身就走，我看见他肩背都在抽搐。我咬着牙，记起小猪那天的话："我恨呢！"

我便把这事情告诉连长和副连长，我们大家一起来恨吧，可是我们恨不了多久，教导员来了。我报告了调查的结果，教导员却笑笑说："刚才我上团部开完了会，谈起这事情，政委倒说没有问题。我说你准备把他们一家都搬走吗？政委说搬有什么不可以，现在局面安定得多，派几个侦察员，弄一条船，把他们一家都搬到中心区去请政府安置。不过这样做，官司要打到分区政治部，圈子太大，又麻烦地方上，不必要。我问那你用什么办法呢？政委说自有办法，你放心，我总保险。我再问他，他不肯说，倒是说，叫你们多搜集一些这种材料，教育部队，要你把这个事情详细汇报政治处，还说叫你们年纪轻轻的不要急。"

这天晚上，我参加四班班务会，李进检讨思想。

开始，战士们都满心好笑，只当他副班长坦白腐化思想了，有的在开会前还干咳两声。李进过去有个"番号"叫"班指导员"，开会讲话第一名。今天可讲得很轻，豆油灯的光也很暗。可是越讲啊，大家越严肃了，一个个的脸都沉下了。

李进说完这故事，重重地叹一口气，说："想想，我呀，多不要脸！我想，抗战快胜利了，准备着这样个老婆多好……昨天割麦子回来，她叫我晚上下了哨等她，我真是转到了坏心思……想想：老百姓还这样苦，我倒专门替自己打算了，装扮得红红绿绿像个鬼，革命还有得革呢！……人家在河里喊救命，我倒在船上唱山歌……昨天晚上，我存着坏心思去的，听见她这么一讲，哎呀我难过！我真像当头吃了几十个巴掌一样，我不是人，是狗！……填表的时候我怎么写的？为劳苦大众奋斗到底！……我现在也讲不出什么漂亮话，同志们以后看我的好了！我只要求上级，总要想办法救她！就要我去死我也心甘情愿！"

一屋子静默了一阵，便争着说起话来，一条心地要我想办法。何金标忽然拍着胸膛说："办法？办法就在我们自己身上！打他娘的蒋桥！"大家一致表示同意。何金标又说："副班长，我对不起你，也对不起二妹子！我老何好抬杠，打那天看见你们那腔调，我就到处破坏你的威信，我对不起你！"

最后我发言，向他们保证上级一定有办法，要他们不能瞎估计，我说了很多道理，末了我说："好好练兵！全中国还有千千万万个二妹子要我们去救呢！"

下一天，燃烧弹落在草堆上似的，这故事传遍全连，同志们传来谈去，很多人说起他眼见耳闻的同类惨事。到连部来走动的人突然多起来。各班，战士们和穷爷们交换着苦经。等到那个负责在本乡搞群运的陆同志来找我的时候，我觉得，我们连掌握的关于郝老掌柜的材料，怕比他还多了呢！

我和他交换了材料，他气愤地做结论："两淮地区三十六种超额剥削，姓郝的倒用过三十五种。说得好，小熟不缴租，高利贷一滚剥，还不是两手空空！"

他说，发动群众不难，可就是怕变天。他一板三眼地把蒋桥伪军的情况讲给我们听，蒋桥的二黄大都是本地人，几个头子跟地主恶霸都是亲上加亲。郝老掌柜逃进淮城的那天还说："变天没有好天长，新四军是伏天的阵雨，来得凶，去得快，哪个臂膀向外拐，刘胡子来叫他脑袋向后长……恶龙难斗地头蛇！"我不免替二妹子担心。

二妹子这两天来却变得安逸了，接连一个星期，她天天高高兴兴地笑着，到田边去车水、割草。

一天下午，营部叫我和连长去，原来部队明天一早就要向东靠靠。营长把拳头在地图上量一量，告诉我们连住西马庄——小柳堡向东十二里。我们连是整个部队的前哨，西到蒋桥二十七里，一条大河直通，所以盘查行人要特别注意。

教导员说："群众纪律好好检查。告诉老百姓不要怕，我们是靠拢些好训练，不会走的。"连长倒抢了我的先，他说："那我们连部那家的事情怎么办？"营长对教导员笑笑说："怎样？讲了吧！"教导员点点头，营长就放低声音说："你们要保证绝对不能再跟任何人说，你们负责！……上级原来就决定了要打蒋桥的。我们在蒋桥外面水陆要口上已有侦察班，团部侦察参谋、敌工干事亲自带了人在那里活动好久了，他们班部设在这里，七里河离蒋桥七里，人可一直伸到蒋桥街口上。蒋桥街只有一条出路，街上跑出一条狗来，我们都能知道。据点里还有我们的内线……蒋桥就是我们团将来的任务哇！我们向东靠靠，也就是为了麻痹敌人！……你们对别的连干部也不能说！"

回到小柳堡，我们部署了移动。我等曹家父女都在家时，便进去道别，我把教导员的话宣传一遍，还外加一句："我们在西边还有部队呢！"虽然这话似乎不应该说，但是我怕二妹子真的跳河。

第二天，我们天不亮就吃完早饭，送还东西。天色微明，吹号集合，全连站队在场上，老百姓拥挤在场边，我向老百姓讲话告别。东方微红了，人面孔渐渐清楚了，我没有看见二妹子。开始走了，战士们向小孩子招着手，老百姓亲热地叫下次再来住。我没有找到二妹子。

部队像一条龙出了庄子向东而去。东方一片桃红，霞光万丈，映着水田稻秧，翠绿鲜红，河边柳丝迎风招展。一个战士在前面唱起来了："青天哪蓝天这样蓝蓝的天！这是什么人的队伍上了前线？……"

我走在行列最后，几十把刺刀在我前面闪光。我只注意二排那一段，我想李进该回头望望吧，然而他不。我却禁不住回头张望：我们离庄不远的时候，老乡们还挤在庄边留恋我们，慢慢地都散尽了……过一会儿，我们已走下来快一里路了呀！我最后回顾一下，却看见庄头绿树丛里，一个人穿着蓝色的短衫！远远的只很小的一点，我却认得出她，她额前刘海在风里飘着……

四

到西马庄半个月，练兵忙极了，起早摸黑，再没有余空时间想旁的。一天，陆同志忽然托人带来个条子，说郝老掌柜已经偷偷地走淮城回来了，陆同志自己这几天要到七里河去工作，怕姓郝的会到小柳堡捣鬼，他布置了两三个积极青年，万一有什么三长两短，一定快马报告，请我们帮忙。我回说："再好没有！"可也不曾放在心上，我想他有天大的胆，敢到老虎头上搔痒？

几天以后，传来了好消息！团部召开连以上干部会，正式布置攻击蒋桥了，×团替我们打增援，攻坚的部队本只要一个营，但为了防敌人脱逃，各处的河汊港湾，都得派部队拦阻。

还有两天的准备时间，明天上午应该是全连的军事学习总结，作为攻坚技术的准备。以下便是动员、讨论、定计划、挑应战……

第二天早饭后，吹过上课号，庄西头的课堂内外正乱哄哄的，却看见小猪呼的撞了进来，嚷道："二姐！二姐！……"他喘不过气来，跳着脚，满头汗水直流。大家围住他，他咻咻地叫："二姐给人逮走了！快去呀！快去呀！"这时一个战士拖着上刺刀的枪挤过来说："这小鬼怎么了？我在外面放哨，我问他，他死也不理！"我慌忙摇手推他："你快回去站哨去！"我问小猪："给什么人逮走了？二黄？"他蹦蹦跳跳地说："不是，不是，是掌柜的！"连长拉住他说："你说清楚，怎么搞的？"小猪这才分清地说："郝老掌柜带了三个人，把我爹爹推在地上，把二姐绑走了！""绑到哪里去了？""我不知道，我不知道，我要跑慢了也给逮去了！"小猪忽然脸色一白，眼向上一翻，要倒下来。一个战士忙扶住他，我叫卫生员给他治，忽听得有人大叫道："指导员！我们快去呀！"我这才想起李进来，眼睛一扫，没见他，我顾不得多想，说："四班长，派一个组。"何金标叫："班长，我去！"四班长说："马小宝，你们俩跟我去！"我对连长说："我得自己跑一趟，这里头有政策问题。四班长，我们走！"四班长却站在门口开水缸边喝水，并且叫我们也喝些。我忽然想到四班长比我沉着仔细，同时就想起……我看小猪已经恢复了，我问他："郝老掌柜有没有带枪？"小猪说："有，只一支，他自己拿着的，一支盒子。"我吞了口开水就跑，连长在后面追出来喊："注意点！小心打冷枪！"

我们跑得很快，可还嫌慢。汗流到眼睛里，拿下军帽擦擦狠命地跑，待跑到小柳堡，我觉得人要炸了！

老百姓乱糟糟地叫："同志！快去吧！装到船里去了！""同志！喝碗茶吧！""两条大船，向西上蒋桥的！"赶得上，他们向西是逆水，走不了几里路！"

糟糕，早知道上了船，不该到小柳堡来弯二里冤枉路了，沿河一直跑多好，顾不得喝茶，我们拔腿就跑！

出庄子沿河奔了两三里，听见前面叭一枪，四班长说："三八式向西打的。"接着叭又是一枪，何金标说："是侦察员打的吧？"马小宝说："侦察员哪来步枪？"可是不管什么枪，枪声就在前边三四里路了，快马加鞭！

七里河的庄子远远的在前面了，老远便看到，河岸上站着一簇人，跑近些，我看见两个侦察员，两三个老百姓，陆同志也在那里，还有团部的敌工干事。敌工干事也望到我了，他哇哇叫："你也来啦！好家伙！他妈的真狠！"

这时我望见河里有两条船，船上，唉！我看到了李进！

李进蹲在船头板上，二妹子坐在他身边，李进在替她解着绑在脚上的绳子，二妹子伏在李进肩上呜呜地哭。撑船的人都呆在那里。一个长袍大褂的老长马脸，站在另外一条船上，大概便是郝老掌柜吧。他背后站着个侦察员，正一把揪住姓郝的后领子，一支三号驳壳枪瞄准姓郝的后脑瓢儿。

李进把捆二妹子的绳子解开了，他看看一舱板的绳子、棉花、布条，轻轻地推开二妹子，拿起身边的步枪，站起来。我从来没有看见过李进的脸色会这样可怕。他不看旁人，只瞪住姓郝的马脸。他正想跳过船去，我把他叫住了："李进，不能乱来，要打要杀由政府去办！"他才停下来，气冲冲地站着。

我对敌工干事说："他还有支驳壳枪呢？你们缴到没有？"敌工干事说没有。我对姓郝的说："交出来！"姓郝的像恶狗一样龇了龇牙，说："麦子袋里，你们要，去掏吧！"还没等我们动手，撑船的狗腿早在船舱的麦子袋里拿出来双手捧上了。

我便问陆同志如何处理，陆同志说他正要回区里开会，可以把人和船都交给他，不过要我们派人押送一下。区署就在我们团部庄子。我指定四班长带两个人押送。我们和陆同志都上了船，有向东顺路经过小柳堡和西黄庄的，一个侦察员要到团部报告情况，也上了船。有两个青年农民是小柳堡的，他们都在岸上飞奔了。"头报三十两"，他们回去报告好消息啦！

顺水而下。我、李进和二妹子坐在一起谈着，这回是一点也不"封建"了。我这才了解了事情的经过：

原来李进一看到小猪慌慌张张地奔来叫二姐二姐，他就拼命向小柳堡跑去了。奔了二三里路，碰到两个青年农民，也是飞跑来送信的，而且已经看到二妹子上了船。李进和他们便沿河直赶，追到离七里河一二里路，看到了，李进打了两枪叫停船。侦察员们听到枪声也出来了，前后夹击，船靠了岸。李进下去搜索，二妹子被关在舱底下，嘴也被塞住了！

我批评李进："你怎么可以不通过组织一个人来追呢？如果他们是伪军一个排怎么打？"李进只轻轻地笑笑。二妹子却一把抓住了李进的手臂，但很快又缩回了手，脸立刻涨红了。

顷刻间便到了小柳堡的外面，河滩上挤满了人，笑的哭的，叫的骂的，闹成一片。只听得小猪的声音："二姐，二姐！"他跑下河埠来。我把二妹子扶上去。我问小猪："你爹爹好吗？"小猪说："不碍事，在家里坐着哩！"我说："小猪！告诉你爹爹，叫他不要怕，万事有我们呢！"我想起郝老掌柜的话，我又说，"我们新四军给你们勤皇保驾！"

船又开了，老百姓挥着手，二妹子和小猪站在河埠上痴痴地望着我们，我看看李进，他也正痴痴地望着岸上，我再回头看二妹子，我看见眼泪在她脸上流。她转过头……我想，这条根是愈扎愈深了！

回到西马庄，已经过了中午，我听见树荫底下一个战士在唱那老歌："……听说到打据点心中喜洋洋，磨亮刺刀哇擦好枪，巴不得一口气飞上那战场！巴不得一口气飞上那战场！"

第三天下午五点半我们出发了。走过每个庄子，老百姓都拥出来笑着叫："狠狠地打！不要让那些狗日的跑了！""你们打下来我们来扒圩子平炮楼！"走过小柳堡时，曹老头子和他的女儿都在人堆里。曹老头子第一次尽心地笑着，二妹子的脸红得像太阳。我走在二排后面，看见李进走过二妹子身边时，回过头来笑一笑，向二妹子正大光明地看了一眼……

晚上十点钟打响枪，两个钟头，大部分碉堡里的敌人都交了枪。只剩下几个大碉堡了，可都是死顽固，大队长、中队长亲自压着的。火力很猛，机枪声不断。

我们连负责打的一个大碉堡有三层楼，第三层没顶，我们手榴弹打得他们受不住。底下一层二黄也不能待，怕塞手榴弹。这些家伙都缩在二层楼上，我们的机枪吃住它的枪眼打，封得它哑了。可是我们向他们喊话，叫他们交枪，倒还有个人在里边唱京戏。

一个战士就冲上去，打碉堡的门，但门很厚实，还包着铁皮，洋锹砸不开。二层楼枪眼里却接连撂下几个手榴弹来，那战士带花了，爬下来。第二个上去了，又带了花下来。绕到后面去砸墙，也不行。连长说："去几个人，把围子外面沟里的竹梯翻进来！"同时重新布置火力。战斗中的时间过得最快，天快亮了，敌人在里面喊："天亮了！回去吧！我们要下来打牌了！"正好二排解决了一个小碉堡回来，小李进一听，火冒头顶，立刻要冲。连长说："等梯子来了就叫你第一个上去！"李进便候在巷子里，看见竹梯子扛来了，他抢了就跑，那战士拖住不放，李进叫道："什么你的我的，连长命令我的！"挣脱了便往外冲。连长大叫开火，碉堡上顿时洒上一阵阵弹雨，李进一跳出去，像头小豹子，几个箭步就到了碉堡根。一个手榴弹落在他身边爆炸。他缩一缩身子，把梯子一架便往上爬，爬到梯顶，刚够到二层楼的枪眼，那里头还扔出一个手榴弹，可炸不到鬼了。这时我们的火力早已停止，李进拔出手榴弹，一拉弦往枪眼里一灌，接着，又是一个，又是一个……碉堡里翻了天。我们一拥而上，三架竹梯架起来了……

不熟悉李进的人，会说他今天是为了二妹子才这样的，其实冤枉。李进每一次战斗都争先恐后的。不过以往打再大的仗，他总是嬉皮笑脸的："三天不刷牙，换根新三八。"不当一回事。今天却很认真，俘虏一下来，他便拉住问："你们中队长姓什么？""姓张。""是不是刘胡子？""不是，我们中队长是个太监脸……"我也上去问："有个叫刘胡子的中队长在哪里？"俘虏好像很熟悉，指着东边说："刘胡子那个大碉堡！那那那……"

天已拂晓，看来全部碉堡都解决了。北边一个大碉堡还冒着烟，火光熊熊，子弹在里边噼啪地炸响。我带李进向东去，那边是七连攻的，俘虏都集合在场上了。我问他们："你们中队长是不是姓刘的胡子？"一个俘虏阴阳怪气地说："问他什么呢？阎王老子招他做女婿去了！"另一个俘虏站起来立正说："报告官长，是我把刘胡子打死的，他不让缴枪……我可以带你们去看！"我说："好！你出来！"七连连长对我笑着说："老兄，你今天怎么这样来劲？"但他一眼看到李进，他明白了，拍拍李进的肩膀说："原来是你的鬼名堂！小赤佬，当心不要……"

我们顾不得说笑，赶上碉堡，好多老百姓已经来扒碉堡了。

到楼上，那俘虏指着死尸中的一个，我看，果然是个官，黄卡其军服铜扣子，死尸面孔上满是剃得发青的须根，龇着牙……一个老百姓正在剥他的皮鞋。

李进忽然觉得腿上痛起来，看看绑腿，好几块儿地方烧焦了。走下碉堡把满是泥巴的绑腿解下来一看，幸亏打了两三副衬绑，布上很多手榴弹铁屑子，腿上也嵌进了两颗铁黄豆，李进把它扒了出来，往碉堡上一扔，说："还你！"自己用急救包扎上了。

我们回去一讲，全连欢呼鼓掌。

上午十时，部队转移了，移动到七十里外的地方去继续练兵，从此远离了柳堡。

一个月以后，在《苏中报》上看到柳堡那地区减租斗争胜利的通讯。姓郝的被判了徒刑。我把这消息读给全连听，大家好不欢喜！我同时留心着李进，他也同样的高兴，并没有害相思病的样子。我想他大概决心丢开了。

五

转眼到了十一月，有一天团部开连干部会，宣布了一个惊人的好消息：我们就要下江南了，打到苏南、浙江……准备反攻，协同盟军作战。国民党"孬种养"退上峨眉山了，我们要去收复沿海失地。

这两天，我忽然注意到李进，他好像心事很重，表面上却装着若无其事。有一次二排长叫他把单杠架子捣捣结实，他竟听了三遍才听懂。晚上已经睡下，四班长来了，他说："副班长怕要出事情！这两天时常叹长气，拿钢笔在纸上画呀画的，写写又撕了，不叫我看。刚才，大家摊铺睡觉了，我看他不在，我出去看看，他在看月亮，我问看月亮干什么？他说看会不会刮风，声音有点两样，我扳着他的头看，他在淌眼泪呢……"

我叫四班长注意一点就是，打发他走了。我不能对四班长说明下江南的消息，对排长以下还保守着秘密呢！可是李进显然是知道了，他过去在团部当过通信员，熟人很多，他听到小广播了。那么，我本来当他忘掉了柳堡，他原来还记着。他还是坚持着他的计划。这些日子虽然离开几十里，总还像鸟儿在树头上打着圈子。如今可要飞远了，千重水万重山。以后的几年里有没有飞回来的一天，谁也不敢做结论。那么，打蒋桥那天傍晚他们在大圩的相逢，也可能就是他们最后的一面了！

下一天我跟李进谈话，我和他并肩坐在草堆边，我奇怪他竟然瘦了。我问他，他闷了好久，忽然笑笑说："指导员，你今天用不着给我做政治工作了，我想定了。你说一个人要光荣快活呢？还是享乐主义快活？"我说："依你说呢？"他说："我们家里有句老话：'做狗吃肉不如做人吃粥。'"我问他："你这几天内心斗争很厉害吧？"他不答，倒问我："指导员，我们哪天走？"我说："走？到哪里？"他苦笑一下说："你不要瞒我了吧！我的通信参谋多得很。我们这次是远走高飞了！不过你放心好了，我不会开小差的！"这就是说他曾经想过开小差。我说："你想过吗？"他笑着自言自语："岂止想过……"

我有点气，我说："那么你对我下的决心，在班务会上下的决心，都是瞎火子弹喽？"他急得跳起来说："不不，不是！那时候我是真心诚意的，我想想我这人自私自利，没有脸要她！不过后来我在船上救了她，又打下了蒋桥，我的心思活了，我想随我哪一天去，她都不会不要我……哎！不讲了，讲讲又要难过。"

他用手在额头上乱擦，又说："我真想见她一面……"他忽然把头昂得高高的，努力装出发笑的样子自我批评说："他妈的，怎么搞的？……好，以后再不谈了！"停了一会儿，他又说："指导员，你不说过，全中国还有成千成万的人像她一样吗？"

我想：这些年，刮风下雨冰天雪地，我们在外头行军打仗，在和着自己鲜血的烂泥里爬过，在烧着的房子里滚过，疲劳到在跑路的时候睡觉摔倒……我们都熬过来了，这些都没有叫李进流过眼泪。可是今天这一道关他能过得了吗？

李进紧挨着我，他说："指导员，你还不相信我吗？……我斗争了两天两夜了，翻来覆去想，走吧，走吧！……我想到你，想到班长，想到小马、老何他们很多同志，我到底舍不得走！"他顾不得眼泪在流，又说下去："我想想二妹子心里难过，总还受得了。我一想到从此要脱离部队，党从此就不要我……我要变成一个孬种……给同志们骂了，我实在受不了……指导员，你相信我的话吗？"

我怎么不相信呢？这些年来，我们在一起生活一起战斗，这样相亲相爱。他去年害痢疾的时候，是我们日夜轮流守在他身边，他在戴窑遭遇战负伤，我们撤退的时候，是我去背他下来，我也就带了花。我们一起睡在担架上，抬过小海，老百姓拿鸡蛋塞在我们被子底下，把麦管放在我们嘴里喂茶……李进那时还说："我要不一条心革命，对不起老百姓，也对不起你指导员。"我说了："我相信！"

李进好像振作了些，他说："我好几次想写个路条，先拟个稿子，我一拿起笔，心里就痛得受不住。这两天，我就像生了场病，我晓得了，我是在光明大道上走惯的，革命部队里长大的，部队就是我的家，我的亲人。缩到暗角落里去，我活不下去的，哪怕你把金镶玉嵌的房子让我住起来。用不着人家骂我，我自己心里的病，也叫我一生一世没脸见人了！"

我批评了他，他霍地站起来，背起枪，说："指导员，你放心！共产党要我到哪里，我就到哪里！我还是那句老话：'为劳苦大众奋斗到底！'"

几天以后，我们出发了。深更半夜，我们在运河堤下无声地走着。寒风刺面，远处是庄户人家，狗在惊慌地叫。我们悄悄地通过敌人的封锁线，下江南……那是一九四四年的冬天。

六

四年以后，一九四九年的早春，我们部队从山东南下，又一次准备渡江了。千军万马，几百个箭头，走津浦路东西，运河的两岸，浩浩荡荡地前进。我们师的行军路线，有一天刚巧要经过柳堡附近的大堤。

这天中午，有人告诉我："六连连长在你'家'里找你。"六连连长就是李进，他到团部来找我干什么？……李进一见到我，便说："老首长，请示你一个事情，思想问题。"我请他坐下了，他说："讲起来，有一点好像不大应该。你知道又到老地方了！"我说："是呀，真不知道几年来他们怎么样了，你是想去看看吗？"李进说："差不多，不过要复杂一些。"他又高兴又不好意思地说："我坦白一件事情：去年大练兵的时候，我接到过二妹子的一封信。她说她已经参加了工作，新近参加了党，还有……总而言之，这种事情喽。我那时候回信去的，后来没有再收到她的信，也不知是牺牲了，还是嫁人了。所以今天，我想先出发去看看。不过她如果好好地还在那里，那就……不知道你们上级对这样子的事情怎么看法。当然，不是要你们批准什么，就是……是不是算不良倾向呢？"他向我笑笑，又补充说："还有，假如说可以去，我想请你陪我一起去，你高兴的话。"

我正在考虑，政委进来了，我就把这事情请教他，政委便是当年的教导员，不必细说。他背着手踱来踱去，听完了，他郑重其事地说："我们应该充分相信同志们的自觉。战场上，愿意抱了炸药炸地堡，有这样高的阶级觉悟，还怕没有力量处理自己的问题？当然，道理要说明白的：我们解放军，广大指战员，为什么不能谈恋爱，不能回家抱老婆？难道我们就不是人？我们是为了革命战争！也可以说：为了我们的妇女不再给蒋匪、美军蹂躏，为了工农大众，连同自己，将来都能得到真正的婚姻自由。我们这是一种牺牲，长年累月很重大的牺牲。当然这是光荣的。今后的相当长的时期革命还需要我们部队人坚持下去，相信我们的同志做得到。"政委和缓了一些说："但是，如果并不会妨碍革命利益，譬如说见见面，那有什么不可以呢？"他面向李进说："像你这样的事情，拿得出去的，部队里不会有谁起反感的，问题是，今后你要继续很好地来掌握自己。"

一个钟头以后，我和李进，并肩迈步，在大堤上南进了。我们走在整个南征部队的前头，路上遇见的每一个老百姓，都向我们亲热地笑，向我们说心底里发出来的好话。路虽然很宽，他们都特意让到两旁，让我们快向南走。老年人把手掌遮着阳光看我们，眼泪在笑脸上流。小孩子跟在我们后面喊口号，偷偷地上来碰一碰我们的枪，胜利地笑着逃开去。每一个村庄，都有红旗在飘，有锣鼓在响；每一个村庄，都有小车担架在集中。

经过比较大的村庄集镇，松柏牌坊凯旋门似的横跨在大路上，地方干部迎上来问我们部队还有多少时候能到，群众敲着锣鼓，点着爆竹，摇着旗子，像欢迎大部队似的向我们两个人喊口号，送茶送烟……我们走得很快，却一点也不疲劳。

李进指着左前方说："你看，到了！"我看时，东南天，淡淡的烟雾里，大小柳堡像水岛一样浮在碧绿的麦田上，郝家的大瓦房旁边红旗在招展。柳堡西边一二里路的大堤上，一个彩花朵朵的松柏门衬着白云青天。堤上堤下，人头攒动，老乡亲们在等我们了。

李进忽然停住了，拉住我，他手微微发抖，他说："慢慢，让我再想一想。"停了一下，他说："好！走吧！不过见了面，你不能逃开，丢我一个人在那里不行的。"他又说："她，假使说，不在那边松门底下，请你代我问一下子，好不好？她叫曹学英。"

我们又被群众包围了，我看二妹子不在，正想问，一个三十多岁的妇女细细地端详了我们，说："嘿！同志，你们不是早年在小柳堡住过的吗？"我点点头，她说："是呀，对，对！你是那个指导员，你是……啊！你们是来找曹学英的啦！对了，对了！望到头啦！秀金妹子，你们快去叫学英去，她的对象来了！"

最后几句话她是用足了力气叫的，因为周围已经笑闹成一团了。几个年轻妇女推推挤挤地要去，李进涨红了脸说："我们自己去好了！在哪里？我们去找一样的。"那中年妇女懂事地笑着说："对呀！人多嘴多，不好说话啰，去吧，她在大柳堡庄上，不在区所，就在合作社，看到吧，那红旗下面。"

李进拉着我，急急地逃开这许多笑脸。我们向大柳堡走去，他把军帽推向脑后，头发上冒着白汽。

走过小木桥，转过杨树园，李进全身震了一震，在前面不太远，一个妇女正向我们迎面走来，那是二妹子，辫子剪了，头发在耳边飘着，她穿着深紫色的衣服，低头走着。我们并不停步，二妹子抬头向我们望望，很客气地笑着想招呼，忽然她停住了，倒退一步，两手捏紧拳头，满脸放出又惊又喜的红光。

嘴是奇怪的东西，最需要它说话的时候，它会怠工，要眼睛来代替它的工作。我看见，那双水亮的大眼睛，虽还含羞，却已经不再是胆怯躲闪的了，而是勇敢地、有信心地望着我们。

还是我先开了口："想不到吧？"二妹子才轻轻地吐了口气，慢悠悠地，像对自己在说："到底，又回来了！"她望望堤上的松门，说："我们庄上，大家多高兴！……哎呀！你们走累了，还叫你们站着，我们到大柳堡去坐坐吧！"李进说："最好不要到庄上去了，我们马上要走的，今天部队经过这里。"二妹子说："我知道。……我们到哪里去坐坐呢？噢，到那船上去吧，好吧？那是我们区所的船……"

那河湾里，结着条小船，我们走了上去，我拿起篙子，但是几年来生疏了。二妹子笑笑解了缆，抢过我的篙子。我们坐下来，她把竹篙轻轻一点，船便荡到河心去，她指着说："到那边去好不好？"一段高岸底下，柳树斜斜地交叉在河面上，枝条上已经吐出点点的绿芽。篙子在水面上划了个半圈，船头滴溜溜靠向岸下去了。从这里，我们可以远望大堤上的松门牌坊，人家却找不到我们。

二妹子插住了船，坐下来。一群鸭子在河那边游过。李进说："曹学英同志，你有没有收到我的回信？"二妹子说："没有哇！寄丢了吧，我，还当你……你们都比以前瘦了。"李进说：

"四五年了，这一个圈子兜得好远，你记得那年我们从七里河回来那天吗？我们也是这么坐在船上的。"二妹子说："你知道我这几年怎么过的？"她并不要人家回答，拍拍船舷说："船，船，两三年我们全靠撑船过日子。"我和李进都有些诧异，我说："你讲，你讲得越多越好，我们今天专程来听你的。"

二妹子两臂撑着背后的船板，微微抬起头，说："讲起来，话就长了。你们主力部队一走，这里就变天了，郝老掌柜爷两个，带着还乡团、遭殃军、倒算、抓丁、抢粮食、烧房子，来一趟，光一趟。我早就在妇女会里工作啰，区里知道我和姓郝的结下了仇，庄上不能待，就介绍我跟县里来的妇女干部住在一起，跟她们一块打游击。那时候哇，遭殃军汽划子上架了机关枪，噔噔噔地在河里穿东穿西的，夜里庄子上就是满天红火。我们撑个小船，草荡子里，小河汉里，躲来躲去，我方才知道你们部队，刮风下雨，在外面的苦处。我们妇女，也什么都做，撑了船送信、拆桥、破路、找姊妹们开会，我也拿红缨枪，挂了手榴弹，在早年你们放过哨的那树底下站哨。

"郝老掌柜对我爹爹说，只要我回去，就能保住我一家。我爹爹把弟弟送到舅舅家去，带个信给我，叫我死也不要回家去。后来，我家里房子也被烧了，两个老人，也逃到东边马庄去了，这会儿我家算是住在马庄了，政府给我们分了田地、房子，安了家啦！那时候我们庄上可真是活受罪呢！反倒是我不很苦，他们有枪，我们也有枪，用不着怕被他们逮了去。妇女会的张主任空下来还教我认字，读报纸给我们听。有天，她读了一篇什么通讯，说的是你们，在山东，敌人重点进攻的时候，下大雨山上发大水，你们饿了肚子，光脚板跑路，脚在水里头泡烂了，爬上山，石子路上都是血滴滴的脚印子。我把这报纸要了下来，一直放在身上。最苦最苦的是去年，噢，前年冬天，庄上都住满了遭殃军，我们船躲在水荡里，起了北风，下了雪，船冻住了，冰上又不能走，就靠些干馒头活命。睡在船板底下，稻草是半干半潮的，半夜里冷醒来，有时候头发也冻住了。我就想到你把我从船板底下扶起来的那一天。我想你们在山东受着这样大的苦，打了这么多的胜仗，你们总有一天会回来的。我拿着那张报纸看了又看，夜里望不见报纸上的字，可是我看得见你们。我总要对得起你们……"

二妹子向李进笑着，她眼睛里含着泪水，她愉快地说："后来好了，熬到头了，部队打开了清江、淮城，郝老掌柜都被我们逮住啦！你们打了淮海战役，高邮也解放了，我们这里便安顿了。真不容易呀，今天我们能在公路上欢迎你们！"她的眼泪珠串似的滚下来。她擦去眼泪，畅快地笑了，说："你们呢？你们说吧！"

堤上传来锣鼓口号的声音，太阳落到松门的角上，一朵红云遮住半边金光。前卫部队就要到了，北边堤上，无穷无尽的行列滚滚而来。

李进说："我说什么好呢？你比我进步得快。我们这几年还不是打仗，跑路……"李进望着我笑笑。我懂得，我便说："让我来介绍吧，这一位李进同志，是我们六连的连长，二级人民英雄。淮海战役他们一个连俘虏了敌人一个多团。这同志现在反而比过去怕羞了，得了个人民英雄奖章也不好意思挂出来。"李进忙说："哪里，怕丢掉。"二妹子天真地说："给我看看好不好？"李进便从皮包里拿了出来。

二妹子把奖章托在掌心，奖章辉煌地射出彩光。太阳从云里直透下来，把堤上行进着的部队，镶了一道金边。二妹子抬起头来望李进，她眼睛里满是欢乐、骄傲和敬爱……

　　我站起来，不甘心自己已经不会弄船，拔起竹篙，撑到河中央去，我袖子里流进了水，湿漉漉的，动作一定是很呆笨的，但并没有人笑我。背后，他们俩继续谈着，我听见李进轻而有力的声音：“……你放心，我有哪一点对不起革命，就没有脸回来见你。”

　　我的动作熟练了，大篙大步地朝堤埂方向撑去。堤上部队正唱着歌：“……要做新中国的主人，前进！要做新中国的主人，前进！”堤背后一片红光，映着那一个个迈进的人影，正像无尽长的齿轮在转动。这好似巨大无比的重坦克的纯钢履带，在人民的欢呼声中，轰隆隆地向南。

《文艺》1950 年第 3 期

洼地上的"战役"

路　翎

在春季的紧张的备战工作里，侦察排的人们除了到前沿、敌后去从事各种危险而艰苦的工作以外，还要做一件很特别的事情，这就是深夜里去侦察侦察二线上的自己人，试一试他们的警惕性，看一看那些新老岗哨是否能够尽职，摸一摸我们的二线阵地到底是不是建得很坚固。因为，这个时期敌人的特务很活跃。这个任务是团政治委员给他们的，政治委员嘱咐他们，一般地看一看阵地是否警戒得很严密，岗哨们是否麻痹大意就可以了；当然也可以施展一点侦察员的本领，给那些麻痹大意的同志们一点警惕，但一定要防止不必要的误会和危险；如果发生了危险，就得由侦察员们负责。团政治委员说这个的时候口气很严格，但似乎也含着微笑，因为他深深地懂得这些侦察员的性格，在他说这话的时候，他们一个个的眼睛全闪亮闪亮的。于是这天晚上，侦察员们就"突破"了自己人的好几块阵地。在他们看来，这里也"麻痹"，那里也"大意"，他们确实忘了这一切仅仅因为他们是一个个久经锻炼的侦察员，有些岗哨实在是只有他们才能钻得进去；他们熟悉一切，不是像真正的敌人那样怀着恐惧，而是怀着喜悦，相信着他们和岗哨之间的友谊。确实麻痹大意的也有——二班长王顺，这个老伙计，就从二连的一个打瞌睡的岗哨那里缴来了一支步枪。但侦察员们并不是总能"战胜"自己人的，有一些老战士的岗哨，他们就无论用什么办法也钻不到空子，甚至有的在潜伏了一两个钟点以后，在老战士的严厉的喊叫下，只好走了出来，交代了口令，说明是自己人，他们和这些老战士大半都认识，于是就互相笑骂起来……

二班长王顺，这个出色的侦察员，朝鲜战场上的一等功臣，在缴回了那倒霉的岗哨的一支步枪之后，下半夜又摸到九连的阵地上来了。九连的新战士多，他想着要好好教训他们一顿。九连有一个岗哨在麦田边的土坎上。那里和八连的阵地相连，离前沿比较远，又没有道路，平常最安静，因而他觉得也是最容易麻痹的，于是就摸过去，观察着地形和情况，在麦田边上的土坎后面潜伏下来了。这时候那个个子不怎么高，但是身体看来是非常结实的岗哨正在土坡上来回走动，似乎很不平静。从这岗哨端着冲锋枪的紧张而又不正确的姿态，王顺看出了他是一个新战士，并且判断他最多不会站过两次哨。

这判断果然是正确的。新战士王应洪，这个十九岁的青年，从祖国参军来，分配到九连才一个星期。这是他第二次执行战士的任务，第一次是在连部的下面。王顺不久就发现这年轻人非常警惕，但这警惕并非由于战场上的沉着老练，而是由于激动，他在土坡上走来走去。

敌人向前沿的我军阵地打了一排多管火箭炮，那年轻的岗哨站住了，看着那一下子被几十个红火球包围着的十几里外的小山头。

"吓，你这穷玩意儿才吓不了谁！"他自言自语，接着他又疑惑地对自己说，"这他妈到底是什么炮哇？"

他走动了一阵，又站住了，长久地看着前面的田地。

"这麦子都长得这么高啦……朝鲜老百姓真是艰苦哇！"他大声说。

显然他有许多激动的思想，而这也是只有一个新战士才会有的，老战士们是不大容易激动的。他一定是非常景仰而又有些不安地看着前沿的山头，他还没有到那里去过，并且他因为眼前的麦田而想到了他才离开不久的家乡。而在老战士、侦察员们看来，麦田，这常常不过是阵地上的一种地形。可是，听到这年轻人的喃喃自语，王顺虽然一方面在批评着他的幼稚，另一方面却不禁感到心里很温暖，觉得这年轻人在将来的战斗中一定会很勇敢。他开始带着深切的关心在注意着他了。他看到这年轻人那么紧张地在捧着冲锋枪，并且显然因这可爱的武器而激动，不时看看它，然后挺起胸膛。但随即王顺就注意到了，这冲锋枪的枪口布却是没有摘下的。"真胡来呀，这怎么能行？"他想，决定让他警惕一下，于是轻轻地咳嗽了一声。

那年轻人凝神地听着了，显然他的耳朵是极敏锐的，有一双侦察员的耳朵。但是他却是这么没经验，并不出声，只是疑惑地往这边看着，然后小心翼翼地走下坡来了，丝毫也没有地形观念，不知道要隐蔽自己，并且尽往附近的开阔地里看。他正好经过王顺的身边，几乎要踩到了王顺的脚。王顺一动也不动，心里好笑。"这么没经验怎么行啊！"他想。当这年轻的哨兵满腹猜疑地又走回来，从他身边走过去的时候，王顺心里就腾起了一阵热情——他没有意识到这是对这个年轻人的抑制不住的友爱——一下子跳起来把这年轻人从后面抱住了。

那年轻人在这突然袭击下最初是惊慌的，叫了一声，但随即就满怀着仇恨和决心和王顺进行格斗了——沉着起来了。王顺没有能夺下他的枪。他像一头牛一样结实，一下子就翻转身来把王顺也抱住了，显然地，他已经好久地在准备着和敌人进行面对面的搏斗了。他这炽热而无畏的仇恨的力量很使王顺感动。王顺就赶紧说："自己人。"并且说出了口令。

但那年轻人才不相信他是自己人，用着可怕的力量把他压在泥坡上，在他的肩上狠狠地打了一拳。这年轻人并不喊叫来寻求帮助，看来他是沉浸在仇恨中，非常相信自己的力量。王顺放弃了抵抗，甚至挨了这一拳还觉得愉快，虽然对于老侦察员，这种情形是不很漂亮的。

"自己人！侦察排的！"他说。

"管你什么人，我抓住你了！"那年轻人咬着牙叫，"不跟我走，我就枪毙你！"

"睁开眼睛吧！"王顺说，"你不看我连枪都没有拿出来？"

可是他这句话只是提醒了那个新战士，他一只手按着王顺，动手来缴王顺腰上的手枪了。这就伤害了老侦察员的自尊。

"你没看见我是让你的吗？"王顺按着枪，激动地喊着，"不许动我的枪，我发脾气啦！"

他像是在对小孩儿说话似的，可是那年轻人喊着："就是要缴你的枪！"

他是这样的坚决——看来是无法可想的。钦佩和友爱的感情到底战胜了侦察员的自尊，王顺就自动地去拿枪。可是那年轻人打开了他的手，敏捷地一下子把枪夺过去了。

"不错，他还能懂得这个。"王顺想，于是笑着说，"好吧，我跟你走吧。"

这时，听见这里的这些声响和谈话，九连的两个游动哨已经做着战斗的姿态跑过来了，他们也都不认得王顺，拥上来帮着王应洪抓住了他。于是，留下了一个担任警戒，另一个就和王应洪一道，动手把王顺押到连部去。王顺不再辩解，但在走进交通沟的时候，他却回过头来笑着对王应洪说："你警惕性不够高，我在你跟前蹲了半个多钟点了。我咳嗽的时候，你直着身子光往开阔地里看——要是我是敌人早把你干掉了。打仗要利用地形啊。"

王应洪很是疑惑了，生气地问："你到底是干什么的?"

"我吗? 干我的老本行。你看，"他又转过脸来说，"要是现在我要逃还是逃得掉的，你把你那枪口布摘下来吧。要不一打枪管就会炸，你们连长就没告诉过你?"

王应洪羞得脸上一下子发烫了。等到老侦察班长又往前走去的时候，他悄悄地摘下了枪口布。

"你到底是干啥的?"

"你参军来几天啦?"

"你不用管!"他愤怒地说。

到了连部的洞子里，他大声地喊了报告，就对连长说："抓住了一个……"抓住了一个什么呢，他就说不上来了。连长认得这老侦察班长，一看情形，马上了解了。

"好哇，有意思，"连长笑着说，"你们这些侦察排的就是有本事，怎么你的枪倒叫我们新战士缴来了呀?"

"别得意啦，我是让他的!"王顺自嘲地笑着说，"他蛮不讲理，那有啥办法呢？你问他我是不是让他的？"

"我蛮不讲理？你别诬赖人啦……我把你一枪打掉我也没错！"

"那可使不得。打掉了我就吃不成饺子啦。"王顺说，心里特别喜爱这年轻人了，灯光下看出来，他是长得很英俊的，"你说说看我是不是让你的？"

"我要不揍你你就让我啦！"

这激昂的、元气充沛的大声回答使得连部里的人们全体都大笑了。老侦察班长自己也笑了。那揍揍的地方，确实还有点痛。

对九连的警戒情况做了一点建议，王顺就回来了。自这以后，他的心里就对这个新战士留下了很深的印象，甚至高兴人们说起这件事，就是他被新战士王应洪所"俘虏"，还缴了枪。这件事情不久也就在全团流传起来，以至于团的首长们也都对新战士王应洪怀着特别的兴趣了。过了不久，从阵地下来休整，预备向各连调人来增强侦察排的时候，团参谋长就一下子想起了这个小伙子，建议说："这个王应洪跟咱们那个王顺，他们是有点老交情呢，调他来吧。侦察排总是调的班级、副班级的老兵，我看调几个年轻的去也有好处。"这样，王应洪就到了侦察排，而且连里也把他分配到了二班。不用说，王顺对这件事是很高兴的，当那个年轻人背着结实的背包，精神抖擞地来到班上，对着他极其郑重也极其高兴地敬了一个礼的时候，他就笑着跑过去把他的手拉住了，接下他的背包，拍拍他的肩膀，说："咱们是老交情啦，你说得对。你要不揍我我就不会让你！"

这年轻人马上就明朗地说："班长，分配我任务吧。"

他是羡慕着侦察员，非常乐意到侦察排来的。他在这些时间已经习惯于军事生活了，并且也晒黑了，长得更结实了。他把侦察员的工作看得很神秘，但也想得很简单，因此一来就要求任务。班长王顺告诉他，现在他们在练兵，要学会各种各样的本领才能执行侦察员的任务，并不是任何人都能干侦察员的。第二天一早，班长把全班带上了山头，要求每一个人都找寻一块自己以为合适的地形，在半分钟内隐蔽起来，然后他来检查。侦察员们迅速地在山坡上散开去了，马上就一个一个地消失了，唯有这新来的战士仍然暴露在山头上，他很激动，急于要找寻一个合适的、让班长赞美的地方，可是愈是这样，愈是觉着哪里也不合适：乱草中间不合适，石头背后也不合适，跑到这里又跑到那里。这时班长已经上来了，他就焦急地一下子伏在旁边的一棵小树下面。班长王顺显然是装作没看见他，先去搜索和检查别的人，批评或表扬他们在紧急情况中所利用的地形，并且提出一些问题：如果敌人的火力从这个角度打来，你这条腿还要不要呢？他高声说着话，显然是要让全体都听见。听见这些，检查一下自己的情况，王应洪明白自己要算是最糟糕的了，而这时他恰好看见了附近的一条土坎，于是跳起来往土坎跑去。但是班长说话了："谁在那里跑哇？咱们侦察员的纪律：伏下来，没有命令，不准动！你不怕把全班都暴露吗？"班长的声音是很温和的，有点嘲笑的味道，王应洪的脸一下子红到了耳根，痴痴地站在那里就不再动弹了。可是班长好像只是随便地说了这话，马上又不再注意他，又去继续检查别人了。他于是就又回到了原来的小树后面，照原来的姿势卧好，这时候他想：他一定要保持原来的样子，一动也不动，让班长来批评。班长最后才走近了他，简单地说："你这里不好，除了这棵三个指头粗的小树干，你是躺在土包上，没有一点隐蔽。你为什么会选择这里呢，因为你不沉着，人一不沉着，头脑就不灵活。"然后就集合了全班，开始了一天的练兵工作，没有再批评他了。……这样，这个青年就一点一滴地学习了起来，对班长充满了崇敬，爱上了这严格的军事生活。他想，他要发奋努力才能赶得上别人，才有资格在将来的战斗中要求任务。

练兵工作甚至有时候在深夜里也进行。因为排长调去学习去了，班长王顺还代理着排长的职务，他的工作非常忙。但即使这样，这个在侦察员中间威信极高的班长还能不时地抽出时间来和王应洪谈一些话，告诉他战场上的事情，勇敢的侦察员，他的那些牺牲了或调走了的战友们，在这样或那样的情况下怎么做。但关于在部队里流传着的他自己的许多故事，他却避免提到。有一天王应洪忍不住地问了：是不是有一次，在五次战役的时候，他一个人深入敌后三十里，缴获了文件还炸掉了敌人的一个营指挥所？他笑笑说：那不过是敌人太熊了。过去那些没啥，看将来的任务吧。

总之，这两个人感情很好，练兵工作紧张而平静地进行，王应洪在任何工作上都非常积极，他拿班长做他的榜样。在那天晚上"俘虏"了班长的时候，班长给他的印象使他觉得这些侦察员们虽然大胆勇敢，却是有些调皮捣蛋的，但现在他觉得完全不是这样。他渴望执行任务的日子早一天到来，他渴望跟着班长去建立功绩……可是，这时候在他们的生活里却发生了一件意外的事情。

侦察排在练兵的这个时候是住在阵地后面的山沟里的一个村子里，这是这一带剩下来的唯一的一个小村子，因为地形的关系，敌人的炮火射击不到。王顺的这个班，住在一个姓金的老大娘家里。这老大娘六十二岁了，儿子是人民军战士，媳妇在敌机轰炸下牺牲，家里只有一个十九岁的，叫作金圣姬的姑娘。这一老一少在从事着田地里的艰苦的劳动。侦察员们住到她们家来以后，这母女两个总是抢他们的衣服来洗，他们也就抽空帮她们做一点事情。金圣姬这姑娘是农村剧团的一分子，曾经参加过慰问战士们的晚会。唱歌跳舞都很好，侦察员们来了以后，她是这山沟里最活跃的一个姑娘。这大方而活泼的姑娘不久就和侦察员们非常熟识了，叫得出每一个人的姓名。星期天，侦察员们休息的时候，她就和他们学着打扑克，教他们朝鲜话，又向他们学中国话。而在侦察员们爬到屋顶上去替她家收拾房子的时候，她就攀在梯子上递东西，不停地快乐地大笑着。她的中国话不久就学得很不错了，而且会唱侦察员们的所有的歌子。于是，侦察员们住在这对母女这里，就像是住在自己的家里一样。但是忽然地，这姑娘的神气里有了一点特别的东西，变得少说话了，沉思起来了。

班长王顺是很敏感的，他不久便觉察出来，她的这种变化是因为王应洪。侦察员们初来的时候，她最爱和王应洪说笑，嘲笑这年轻人愣头愣脑的劲儿；带着天真的神气逗弄他，扳着手指教王应洪学习朝鲜话的一二三四，在王应洪发音错误的时候就大笑起来，每一次都要笑得流出眼泪。……在战线附近，在敌人的炮击声中——她们的麦田附近经常落弹——这样天真快乐的姑娘是特别叫人高兴的。但后来她忽然地就不再和王应洪这样大笑了，见到王应洪的时候就显得激动，在他走过的时候总是痴痴地看着他。有时候，她显出特别兴奋的样子，和王应洪说上几句话，就要脸红起来。可是王应洪却完全没有注意到这些，这个年轻人的全部心思都集中在练兵的工作和未来的战斗任务中。使得这姑娘对王应洪发生感情的重要的原因，正是王应洪的这种热诚。他帮她家做的劳动最多，他一早一晚都要帮她家挑水，午饭后有一点时间还要去抢着帮老大娘劈柴。他做这些是很自然的，他觉得这家人家很艰苦，而他们住在这里，总是会有些打扰别人的：老大娘那么大年纪还抢着替他们洗衣裳。参与着这日常的家庭劳动，老大娘有时就递碗水，递块毛巾给他，对待他像对儿子一样，而金圣姬那个姑娘，在这些接触中心里满是感激，从这感激就产生了一种抑制不住的感情和想象了。在院子里只有他单独一个人在干活的时候，她就和他说许多话，替他递这拿那。有一次，天刚亮他担水回来，那姑娘像平常一样赶快拿东西来接，热烈地瞅着他，希望他和她说话，可是他低着头倒了水，担着水桶又出去了。第二挑水担回来的时候，金圣姬蹲在地上拿盆接水，忽然抬起头来看着他，用生硬的中国话问："你的家几个人？"他爽快地回答说："四口，父亲、母亲、哥哥、嫂嫂。"金圣姬紧张地、吃力地听着，红了脸，后来又想问什么，可是他已经唱起歌来，跑出去了。他什么也没有觉察出来。

第二天午后，别人都午睡了，他一个人在院子里挖着他的鞋子上的泥，老大娘忽然走过来，在他旁边蹲下了，拿一只手抚摩着他的肩膀，悄悄地用中国话问："你十九岁？"他说："十九。"又问："你结婚过吗？"他说："没有。"老大娘于是对着他笑着，抚摩着他的头，说了很多他听不懂的朝鲜话。显然那个女儿已经和母亲谈过她的心思了。可是这年轻的侦察员仍然什么也没有想到。老大娘的慈爱的抚摩，使他非常感动，他告诉她说，他的母亲也是快六十岁了，身体很好，和她一样还能下地劳动。又告诉她，他的母亲是很爱他的，他小的时候，看见他生病咽不下和着糠和榆树叶子的窝窝头，母亲就偷偷地哭，卖了自己的唯一的一件破棉衣，替他买来了两斤白面。他说着的时候看着老大娘，发觉老大娘脸上也有和母亲一样的皱纹，于是就想到，在他参军的时候母亲怎样地流了眼泪又微笑，说："我这儿子没有叫国民党土匪打死，今天怎能不乐意他去呀……"他于是激动起来，想要和老大娘谈这些。可是他不久就发现他的夹着几个朝鲜字的中国话老大娘一点也没有听懂，正像刚才她的话他没有听懂一样。他激动得很厉害，想着现在他是一个志愿军的侦察员，是在为他的受苦的、慈爱的母亲和这个受苦的、慈爱的老大娘而战斗了，于是站了起来，找出了斧头就去替老大娘劈柴。

老大娘含着泪看着这年轻人——她仿佛觉得他已经是她的家庭里的人了，她甚至想到了，当她的当人民军的儿子从前线回来时，将要怎样高兴地和他们家里的这个新人见面。而这个时候，金圣姬姑娘也正在厨房的门口对着这年轻人瞧着。她听见了她母亲对王应洪所说的一切话，但是王应洪后来所说的那些话她同样地没有能听懂。但是从这年轻人的激动的神情，她相信他已经能够懂得她的心了。

这种情况，这母女两个的动人的、热切的感情，渐渐地使得班长王顺很担忧。他相信王应洪不可能出什么岔子，但因为他特别喜爱王应洪，并且似乎和他还有着一种特别深刻的关系，因此就时刻害怕他会出岔子。而且，对于这一类的事情，老侦察员一向是很冷淡的，他还有一种简单的成见，就是，如果这一方面没有什么，那一方面也一定不会有什么的。因此他渐渐地有点疑惑了。他觉得，年轻人总难免的，他刚离开温暖的家不久——他听说过王应洪是怎样被母亲爱着——还不曾懂得、习惯战争生活，可能他被这个家庭的日常的劳动所吸引，可能他不知不觉地对金圣姬流露了什么。在军队的严格纪律和严酷的战争任务面前，这是断然不能被容许的。

但在这种考虑里，班长王顺的心里还有一种模模糊糊的他也说不上来的感情。当他的班里的一个战士向他反映了金圣姬和王应洪之间的状况，并且认为王应洪可能已经有了超越了军队纪律所容许的行为的时候，他才意识到自己的这种感情。他回想起了金圣姬的纯洁、赤诚的眼光，这眼光使他困惑。他想：她的心地是这样的简单，她怎能知道摆在一个战士面前的那严重的一切呢？可是，又何必要责难她不知道这一切，又为什么要使她知道这一切呢？

他是结过婚的人，并且有一个女孩。他一向很少写家信，总是以为他没有什么可写的，他觉得他对她们也一点都不思念。但金圣姬的神态和眼光，她在门前的田地里劳动的姿态，她在侦察员们走过的时候忽然直起腰来在他们里面找寻着什么的那种渴望的样子，就使得他隐隐约约地想起了那显得很遥远的和平生活。金圣姬从一个小女孩长成大人了，她简直就是在炮火下成熟起来了，她特别宝贵她的青春，她爱上了纯洁的中国青年，她的一举一动都流露着，自自然然地，她渴望建立她的生活，和平的、劳动的生活。……正是这个，使他感到了模模糊糊的苦恼。

但军队的纪律和他心里的紧张的警惕却又使他不好去批评他班里那个战士的汇报。而且这个汇报使他对这件事情觉得更加疑惑起来，就是，王应洪可不可能在不知不觉之间对金圣姬流露了什么呢？经过一番考虑，他就把他所注意到的这一切汇报给连指导员了。连指导员也很喜爱王应洪，但也对这件事做不出判断，于是指示他说：好好注意，必要时找王应洪谈一次话。

指导员的意思是，如果现在真的还什么也没有，谈了话反而要影响王应洪的情绪的。王顺也觉得这个谈话很困难。但因为对这年轻人的特别的关切，因为对他的班的重大的责任感，王顺仍然当天晚上就找了王应洪到门前的土坡上去谈话了。

这谈话确实困难。王顺先是表扬了王应洪，表扬他在练兵中的进步，干工作的带头、勤劳和活跃，然后就说到了将来的战斗任务，说到一个革命军人的职责，说到纪律的重要。可是，说着这些，王应洪仍然一点也不明白。他从来都不怀疑这些真理。他以为班长是一般地在关心他，于是表示说，他是坚决要为革命奋斗到底的，他是青年团员，他希望能在将来的战斗里考验他！他热情而激动，就是不明白班长所暗示的那件事情。班长于是只好点破了。他说："你觉得咱们房东那姑娘怎样？"

对这个问题，王应洪愣了一下。

"她挺好哇……"说到这里，他才一下子明白过来了。一定是班长不信任他，一定是别人说了他什么。这倔强的青年是不能忍受这种怀疑的，他痛心而愤慨了，叫着："班长，你就这样看我吗？"

班长王顺也是直性子，既然把问题点破了，他就决心搞到底，一定要弄出结果来，看这年轻人到底有没有什么。他于是不理会他的激动，冷淡地问："你真的是没有什么？"

"你不相信你调查去好啦，这么不相信同志呀。"

这种说话的腔调，叫班长王顺愤怒了。这是孩子气的、老百姓的腔调。这在老军人看来是断然不能被许可的，于是他冷冰冰地说："有纪律没有？你这口气是跟谁谈话啦？"

那年轻人一下子沉默了。过了一会儿，他用含着泪的、发抖的声音说："班长，刚才是我不对……我汇报给你啦，我真是对她一点心思也没有。"

班长沉默着。他很难过——他是这样地喜爱这个青年，刚才似乎也不必那么严厉的。这年轻人说的话也是真理：为什么要不相信自己的同志呢？

　　"好啦，就这样吧。"他想安慰他几句，可是什么话也说不出来。他又想起了金圣姬姑娘的那一双热诚的眼睛。

　　回到班上去，熄灯号以后，王应洪好久都睡不着。他这时才回想起这些天来金圣姬姑娘的神态，觉得果然是有些什么的，心里很不安了。眼前就有一个难题：明天一早起来替不替老大娘挑水呢？他想，不挑算了，为什么要叫人误会呢？但这时候，透过门缝，他看见了灯光下的老大娘的疲劳的脸和花白的头发，她正在推着磨子，艰难地耸动着她瘦削的肩膀；而从屋子里面，则传来了噼啪噼啪的单调的声音——金圣姬姑娘在打草袋。这噼啪噼啪的声音混合着磨子的沉闷的轰轰声，震动着他。这对母女每天都要劳碌到什么时候才睡呀！那么，为什么他不该替她们挑水呢？如果明天一早起来，发觉坛子里空着，她们要怎样想呢？当然啦，她们是绝不会责怪他的，可是他自己怎么能过意得去呢……想着这个，他心里觉得沉痛起来。"我是清清白白的，我哪一点也没有错，为什么要这么不相信我呀！"他想，于是他含着眼泪激动地对自己说："不挑对不起人！坚决要挑！"

　　但是他仍然问了班长。看见班长在翻身的时候醒来了，他问："班长，早上我替不替她家挑水呢？"班长用很柔和的声音回答说："那当然可以。"然后又睡了。这回答使他很安慰。

　　他是全班每天起得最早的，趁这个时间去替那对母女挑点水，这已经成了习惯了。但是第二天一早他刚一起来，悄悄地去拿水桶的时候，打草袋打到深夜才睡的金圣姬忽然迅速地推开门出来了，两只手编着辫子，赤着脚走到踏板边上，注视着他。他不和她招呼——下决心一句话也不说，拿了水桶就走。金圣姬活泼地跳下踏板穿上鞋子就来和他抢水桶。侦察员们住到这里来的最初几天，她也曾和他抢过水桶，那是因为她觉得，她不好要这些劳苦的战士们帮助她，而且，在朝鲜，背水和顶水是妇女们的事情。但后来的这些天，她就不再来抢水桶了。今天不知为什么她忽然地又这么干了，也许是因为，她已经把他看作自己家里的人，她又想起来了男子的尊严，而担水是妇女的工作。但王应洪却不曾想到这些，似乎是有些赌气，用力地夺了水桶就走。他挑了水回来，那姑娘已经在灶前生着了火，听见了脚步声就回过头来了，望着他笑，跑过来找盆子盛水，可是他为了免得和她接近，赶紧地把水倒在一个坛子里了，慌慌忙忙地以至于把衣服泼湿了一大片。金圣姬哎哟地叫了一声，马上找东西来替他揩，找不着干净的东西，慌忙中就撩起裙子来预备拿裙子给他揩，可是他红着脸一转身就出去了，金圣姬蹲在地上还来不及起来。

这对于金圣姬是一个不小的打击。为什么这样呢？她有什么不对的吗？难道她对战士们照顾得不好，不曾把他们的衣服洗得很清洁吗？她站了起来，悄悄地流下了眼泪。这个年轻的朝鲜姑娘，好些天来，听见王应洪的声音就要幸福得脸红。一早上在灶前烧火，听着他的挑水的脚步声的时候，她就不由得想起了，一个男子不应该挑水的，将来，她烧着火，担着水，他在院子里这里那里收拾一下，然后他们一块儿到田地里去劳动——这就是家庭了。她觉得这好像没有什么不可能的。战争总归要过去的。而且，在她的心上，他一点也不是生疏的外国人了。

她真是很委屈，可是她也是倔强的。第二天天刚亮，王应洪起了床预备来挑水的时候，小水缸里和坛子里却已经满了，她在灶前烧火，不曾看他一眼。

他于是觉得苦恼。她一点过错也没有，为什么昨天要那样对待她呢？……可是这种情况是不能这么继续下去的，晚上他就向班长王顺把昨天和今天挑水的情况汇报了，他觉得他很对不起人，他不知道要怎么办。他建议他们班搬一个家，可是他又觉得，无缘无故地搬了家，就更对不起这对母女了。他于是希望快点上阵地去。班长嘱咐他仍然照常挑水，并且态度不要那么生硬。

以后几天，他起得更早，抢着挑了水。金圣姬姑娘不再走近来，也不再和他说话，只是默默地看着他。他总是很快地办完事情就出去了。这种情形弄得他很慌乱，他心里开始出现了以前不曾有过的甜蜜又惊慌的感情。对这种感情他有很高的警惕，于是在金圣姬姑娘面前他的态度变得更生硬了。这天晚上回来，预备抽点时间洗一洗衣服，他发现他的一套脏了的军服已经叫她洗得很干净，而且熨得整整齐齐的。他一瞬间害怕别人看见，红着脸像是做错了什么事情似的，赶快把这套军服塞到背包下面去了。但第二天早晨，穿上了这衣服——他决心一早就穿它，好使金圣姬心里高兴一点，来补救他的那些生硬的态度——往衣袋里一摸，却多了一件东西。拿出来一看，原来是一双用蓝布做面子，白布做底的，缝得非常细致的袜套。他没有什么犹豫就向班长汇报了，把这袜套交给了班长。班长拿着这袜套看了一阵，心里赞美着这年轻战士的忠诚的纪律性，但又有点不安：过过穷苦的生活的人，是知道庄稼人家的艰难的，在这战争的山沟里，谁知道金圣姬姑娘费了多大的心思，才弄来了这一块簇新的蓝布？这对母女终年吃着酸菜和杂粮，而且那姑娘的裙子都打了补丁，她只有一条跳舞的时候才肯穿的比较新的粉红纱裙……这么考虑了一阵，黄昏的时候，他就嘱咐王应洪把这袜套还给金圣姬，虽然他知道这一定会使那姑娘委屈，但这没有办法，纪律比一切都重要。

这时金圣姬姑娘和她的母亲正在门前的踏板上吃饭，王应洪鼓起勇气来走过去了，不知为什么还敬了一个礼，把那袜套硬邦邦地往前一递，说："还你!"就没有别的话了。

那姑娘一瞬间瞪着他，她母亲也瞪着他。

站在附近的班长王顺觉得这简直太糟糕了，这年轻人简直太生硬了，连一句客气话也不会说，更不用说要他交代几句军队的纪律了。于是赶忙走过去笑着用朝鲜话解释说，志愿军不好随便接受老百姓的东西。……他没说完，老大娘兴奋地站起来了，大声地辩解着说：她才不信这个! 这并不是随便接受老百姓的东西呀。她并且指指响着炮声的前沿的方向说：这还能分家吗? 金圣姬姑娘为什么不该感谢这年轻人呢? 可是那姑娘望望她的母亲又望望王顺，一句话也不说，红着脸把那袜套接了过去，又低着头继续吃饭了。

以后一切就显得很平静，没有什么事情了，只不过王应洪变得更慎重，换下来衣服马上就洗，金圣姬去抢别人的衣服洗，却不再来抢他的了。对于王应洪来说，这件事情虽然多少也扰动了他，但却并不曾在他的心里占多大的位置，实际上，班长王顺对这件事还注意得比他多些。将近两个月的练兵期间，他已经学会了侦察员的各种本领，还学会了敌人的好几种火器——侦察员们，有时候是要夺取敌人的武器来使用的。他学习得这样热衷，以至于他没有时间来考虑金圣姬姑娘对他的感情。练兵任务快要结束的时候，一次打靶练习和演习动作中，他受到了团参谋处的表扬。这天黄昏，连指导员到他们班里来参加了他们的班务会，在做总结的时候也表扬了他。班务会以后指导员还不走，他是很活泼的人，看见金圣姬姑娘在那里推着小磨子磨麦子，便跳过去了，两腿在炕上一盘，夺过磨把来，非常熟稔地磨了起来，一面就用非常好的朝鲜话讲着笑话，使得金圣姬不得不笑了起来——但这姑娘这时已是这么成熟了，不再像先前那么哈哈大笑了，而是侧着头微笑着。指导员看见笑容就高兴，继续愉快地说笑着，因为他已经好些天没见到这姑娘的笑容了，他密切地注意着这件事情，赞美着他的年轻的战士，但也因为这姑娘的忧愁而有些不安。他帮她碾完了半斗多麦子才走。在他谈笑着的时候，王应洪赶着替她家的所有缸子坛子里挑满了水，因为他们明天一早还要有一次演习动作，怕来不及挑水，而且他们不久就要上阵地了，他觉得他不会有很多时间来帮助她们了——没有这些帮助，她们是会困难一点的。金圣姬姑娘听着指导员的话在发笑，好像完全没有注意到他在干活，这使得他也很高兴，对这对母女，对这一段生活，充满了感激的心情。

第二天上午，在山坡上的松树林子里，农村剧团的姑娘们给战士们做了一次演出。战士们围成一个圈子坐着，对这些熟识的姑娘们的表演觉得非常高兴。金圣姬有三个节目：唱了一首歌，跳了一支《春之舞》和一支《人民军战士之舞》。在《春之舞》里面，她穿上了她的唯一的一件粉红的纱裙；在《人民军战士之舞》里面，她演战士之妻。这时候人们才注意到她原来是这村子里的最美丽的姑娘，并且她表演得非常好。《人民军战士之舞》的好几个动作，使得有些战士的眼睛都潮湿了，甚至连老侦察员王顺都感动得说不出话来了。这表演的第一节的内容是：人民军之妻背着孩子，在敌机的轰炸下，送丈夫重返前方。王顺心里的感情很复杂，他就悄悄地注意着坐在他旁边的王应洪，可是这年轻人却好像没有什么感触，沉思地看着"人民军之妻"的飘动着的长裙——这个新战士，这时候是在想着虽然今天晚上他们就要上阵地，可是他却还没有战斗过，比起舞蹈里的那个挂着国旗勋章的人民军战士来，他真是差得太远了。他就是这样想的。后来发生了一点意外的情况，就是，班长王顺发觉出来，当金圣姬舞蹈着的时候，坐在圈子里面的村子里的姑娘们都在陆陆续续地朝这边看，而且悄悄耳语。……舞蹈一结束，姑娘们就用中国话叫起来了：欢迎王应洪唱一个！——她们甚至知道了他的姓名！战士们，包括连长和指导员在内，都轰的一下鼓掌了，而王顺就注意到，这时那个"人民军之妻"的脸上是闪耀着多么辉煌的幸福表情！王应洪很惊慌，哀求班长替他抵挡。王顺站起来了，自告奋勇地说："我来唱！"可是姑娘们说，你也要唱，先让他来！这时连指导员跑过来了，像哄小孩儿一样对王应洪耳语着，把面孔通红的王应洪拉了出来。王应洪敬了一个礼，终于低声地唱了一首歌。大家沉静地听着，他唱得实在不好，战士们都替他捏着一把汗，可是姑娘们却听得出神——唯有那个"人民军之妻"带着一种担忧的、惊讶的神色。歌声一停，从姑娘们里面爆发了热烈的鼓掌，于是王顺又看到了，那个也在轻轻鼓着掌的"人民军之妻"的脸上，闪耀着多么辉煌的幸福表情！

　　黄昏的时候，天气很晴朗，侦察排上阵地了。他们离开村子的时候，村里的妇女儿童们都送到了村口，望着他们走下山坡。金圣姬母女也送出来了，可是金圣姬现在却显得冷淡而严肃。她跟在母亲后面，看也不看王应洪。她母亲摸摸这个战士又摸摸那个战士，最后就拉住王应洪的手，说着说着落下了眼泪，她却是一声也不响。她慢慢走着——在她自己的独特的思想中。

战士们走下了山坡，一边走一边回头招手、喊叫，大家都舍不得这些已经变得如此亲爱的人们，可是王应洪，既不回头也不说话，跑得很快，几步就奔下了山坡。

战士们走得很远了，在昏暗中看不见了，其他的一些送行的人们也陆续回去了，金圣姬才突然哭起来，拿手巾掩着脸急忙地朝家里跑去。因为到连部去谈话落在后面，最后才赶出村子的班长王顺，看见了这个。这姑娘哭着擦过他身边。

他停下来回头望着她，叹了一口气。

这姑娘啊，我也不是没有妻子儿女的人，这叫我怎么才能跟你解释呢？

他心里同时就更疼惜那个年轻的侦察员，这年轻人被这样的爱情包围着，可是自己不觉得，似乎还不懂得这个，一心只想着在战场上去建立功绩。于是王顺的眼前又一次地浮起了那遥远的和平生活，并且清清楚楚地意识到，这和平生活已经把那纯洁、心地正直、勇敢的年轻人交托给了他，在他的带领下，这年轻人正在大步走向战争，这个他还没有经历过的、他还不懂得的战争。

上阵地的第三天，听说战斗任务已经交给他们班，晚上就要出发，王应洪非常兴奋，就换上了那一套留了好些天的干净衣服。可是换衣服的时候他又发现了那双袜套，并且还增加了一条绣花的手帕，用中国字在两朵红花的上面绣了他的名字——很可能这姑娘是从他的背包或笔记本上模仿去的——又在花朵的下面绣了几个朝鲜字，他想那一定是她的名字。这两个名字都是用紫色的线绣的。他顿时心里泛起了惊慌而又甜蜜的感情。第一个念头是想汇报给班长，但在从坑道里往外去的时候，他犹豫起来了。他想，现在班长这么忙，马上要出发了……等完成任务回来再说吧。

当然这时候他是想留下那条手帕。于是他把它仔细地折起来，放在胸前的口袋里。

黄昏的时候，王顺就带着他的班出发到敌后去了，任务是捉俘虏。

用侦察员们自己的话来说吧，任务是艰巨的。一个多星期以来，从敌人的炮火和敌人纵深里的活动情况上判断，前沿青石洞南山的敌人似乎变更了部署，而且似乎有发动进攻的模样；而我们又正在计划着一次规模较大的反击战，夺下敌人这条战线的咽喉——青石洞南山。按照原定计划，这个战斗早些天就要发起了，一切准备工作都做好了，但是因为没有能最后弄清敌人的变化而暂时地搁置了下来。上级指挥机关迫切地需要一个俘虏，但师的侦察队出动了两次都没有结果。战争打了两年多，敌人变得胆小而狡猾，俘虏不是那么容易捉到的。因此，这次就把团的侦察排的最好的一个班拿出去，把本来预备作为重要的下级干部而提升起来的侦察功臣王顺拿出去，这样，就在全班唤起一种极其严肃的感情，大家都明白这是关系全局的重要任务，这次出去，无论如何也要捉到一个俘虏。由于这种自觉的光荣意识，这个班里就升起了一股对敌人的傲气，在出动之前的紧张的准备工作里，他们的沉默的、严肃的、敏锐的神情和动作表示出来，无论是什么样的敌人，他们都要把他捏在手心里，只有他们先把敌人捏在手心里，全军才可以捏住前沿的山头，粉碎青石洞南山。在班长王顺的身上，这种对敌人的傲气是表现在冷静的眼光、变得很慢的严肃的动作和沉默而严厉的神情里面的。这负着重大责任的老侦察员是深知战前准备工作的重要的，他默默地、严厉地打量他班里的每一个人、每一支枪和每一双鞋带，不时地沉思起来，不耐烦和不相干的人说话，把那个跑来和他开了一句玩笑的连部通信员一句话就熊走了。但在年轻的王应洪的身上，这一股对敌人的傲气就表现在抑制不住的扬眉吐气的兴奋神色里，他无论如何也学不到班长的那股冷静。因而，当连长陪同着团参谋长来看一看他们的时候，班长王顺严厉地、惊心动魄地喊了立正的口令，他就仰着头、挺着胸，冲锋枪斜挂在胸前，显出了那种特别吸引人的天真而高贵的神情。

认真说来，班长的这个和平常完全不同的立正的口令，才是他的军事生活里的第一课。特别因为他怀里揣着那一条绣花手帕，这也才是他的明朗的人生道路上的第一课。他的慈爱的母亲在贫苦的生活中给了他的童年许多温暖，这绣花手帕又给他带来了他所不熟悉的模糊而强大的感情，他现在要代表母亲，也代表那个姑娘——不论他对她如何冷淡，这一点是毫无疑问的——为祖国，为世界和平而战，这一切感触、思想、感情，都出现在班长的那个立正的口令中，或者说，因那个立正的口令而出现了，这立正的口令使他全心全意地觉得满足和幸福。

团参谋长是笑着走进坑道的，在王顺的立正的口令声中变得严肃了，一下子感觉到了这个班的这一股必胜的傲气，于是心里突然心疼起这些青年来。他走到王应洪的面前就不自觉地停了下来，对着这年轻的侦察员看了好一阵，严肃的脸上又露出了微笑。

"这就是他吗？"他问连长。

连长没有弄清楚参谋长指的是什么，因为关于这个年轻人的所有的事情团里都知道，但他看出来参谋长是喜欢这年轻人的，于是高兴地回答说："就是他。"

"王应洪！"参谋长喊着，显出了幽默的神气，眼睛里闪出了友爱的光芒，看着这年轻人。

"有！"王应洪大声回答，下巴更抬高了一点。

"听说是——你曾经把你们班长俘虏过，俘虏他是很不容易的呀，有这事吗？"

"那是……"王应洪说。他想说："那是班长让我的。"但马上觉得这样讲述不合乎一个军人的性格，于是大声回答："报告，有这事！"

"嗯，好！"参谋长显然很满意，虽然他早就知道这一切，"二班长，有这事吗？"

"报告，有这事！"王顺骄傲地回答。全班的战士们的脸上都出现了微笑。

从这两句回答中，参谋长就看出了这个班是团结得很坚强的。他检查了他们的行装和伪装圈，一切都合乎要求。他简单地又讲了讲这次任务的性质，并且抽出一个战士来问了一下他们准备的有哪几个战斗方案，指示了两点，于是这个班就出发了。

他们悄悄地、急速地通过了敌人炮火封锁区，过了一条很浅的小河，顺着交通沟绕过一个山坡，潜伏着观察了一阵，就开始在黑暗中越过战线。

有一段路他们是在一片长满野花杂草的开阔地中间一点一点地前进的。左后面是我军的小山头，右边是敌人的山头，正往我军的阵地上打着机枪。这一阵机枪似乎帮助了他们，他们敏捷地跳跃着前进。王顺、副班长朱玉清，和其他的几个老侦察员都很熟悉道路和情况，这开阔地上不至于有敌人的岗哨，敌人不敢下来。在他们刚通过不一会儿，就有一排机枪打在他们刚才越过战线的地方，显然敌人是用火力盲目地警戒着那里。现在侦察员们的目标是一百米外开阔地中央的一丛槐树，槐树丛里面有土坎，可能敌人在那里安置了哨兵，如果是这样，而且不超出三个人，那就一下子干掉敌人，任务就基本完成了；如果没有，那就先占据这槐树丛再来计议。他们用战斗的队形分三面迫近这槐树丛了。天气阴沉而且吹着小风，很利于侦察员们的活动。班长王顺在前面发出了记号，大家卧倒，听着动静。除了微风吹动树叶，和附近的什么地方有溪水的流响声以外，没有别的声音。开阔地上长着一些春天的金达莱花，王应洪轻轻地拨开他面前的花枝，希望能更清楚地看见班长。但在这个不知不觉的动作里，他却摘下了一个花枝，把它衔在嘴里。这是因为他毕竟是初上战场，而这附近的这一片寂静特别使他激动，于是，面前的清楚可见的一切，杂乱的小草和小花，就叫他觉得安全和亲切：这些随处可见的小草和小花，仿佛是熟识的友人一般，忽然间就替他破除了战场上、敌人后方的那种神秘可怕的感觉——虽然他不曾意识到自己的这种状况。他在激动中比老战士们想得多。他甚至于忽然想，现在他可以写信告诉妈妈，他到敌人后方来战斗了。把那花枝在嘴里咬了一阵，班长又做了记号，他们又前进的时候，他就把花枝不知不觉地拿下来塞在衣袋里。他没有意识到这个，也不知道这是为什么。也许他的头脑里曾经闪过什么念头，他做这点多余的动作是为了对自己表示沉着。也许他会写信告诉母亲的——他老人家把朝鲜战场想得才简单哩。现在他们到了槐树丛边上了——里面没有敌人。

他们决定再深入。他们有好几个战斗方案，现在时间还多，看起来他们还不必考虑到最后一个战斗方案，就是用火力向少数的敌人强攻。因此他们就放过了山坡上的几处地方，那里有敌人的帐篷，传来说话的声音。他们紧挨着山边的一条小路前进，这小路是敌人前后交通的一条次要的通路，一定会遇到什么的。他们前进得很慢，贴着山坡和路坎，走几步听一下。他们不断地听见附近的山头上、帐篷里敌人的哇哇的声音，有一次还听见一阵醉醺醺的歌声。枪声和炮声都落在他们远远的后面了。紧张的感觉加强着。快要走到小路转弯的地方，班长停下来了，向王应洪走来，对着他的耳朵说："往后传，在这里等，沿着路边拉开距离二十米一个，副班长带第二组到下边洼地里掩护……"这微小而又清楚的声音，好像不是班长的，好像是从很深的地底下传出来的一样。他往后传了。于是人们拉开了距离隐蔽了，现在，这个满怀激情的新兵，看不见他前面的班长，也看不见他后面的同伴了。

一点声音、一点动静也没有，王应洪贴在路边上杂草中间趴着，紧握着他的枪，并且摸了一下他腰上的手雷和加重手榴弹，以及那一把叫他觉得很威武的侦察员的匕首。虽然他的理智告诉他，班长和同志们就在几十米的前后或周围，在各个地方隐蔽，但是他仍然禁不住觉得可怕的孤独。他好不容易才抑制住他的冲动，就是，想往前爬一点，靠近班长，或者轻轻地喊一声试试——他多么渴望听见班长的声音哪。他的思想纷乱了起来。这样的寂静，这样绝对的静止——这是和练兵的时候完全不同的，那时候在寂静中甚至还觉得有趣——他从来也不曾经历过，他甚至觉得自己已经被这深深的寂静所笼罩，所麻痹，不可能再从地上起来了。他用各种方法鼓舞自己，可是他的思想活动好像也是很困难的。最初，他无论想什么，都不能摆脱这孤单和寂静的意识。他努力去想到连队、团参谋长、亲人们……后来他又想着母亲，想着他满十岁时，母亲才为他做了一件新棉袄，让他试这新棉袄的时候，母亲不住地把他转过来又转过去，拍着他的胸又拍着他的背，非常幸福地对父亲说："看，正合身！正合身！"忽然地他想到，母亲到了北京，在天安门见着了毛主席。母亲拍着手跑到毛主席面前，鞠了一个躬。毛主席说："老太太，你好哇！"母亲说："多亏你老人家教育我的儿子，他现在到敌后去捉俘虏去啦。"于是他又想起了金圣姬，她在舞蹈。看见了她的坚决的、勇敢的表情，他心里有了一点那种甜蜜而又惊慌的感觉。他说："你别怪我呀，你不看见我把你的手帕收下了吗？"可是金圣姬仍然在舞蹈，好像没有听见他似的；敌机投下炸弹来了，那个"人民军之妻"紧抱着孩子仰起头来，她的嘴唇边上和眼睛里都有着悲愤的、坚毅的表情，于是那个英勇的人民军战士一下子出现了，他的胸前闪耀着国旗勋章。……但忽然地这一切都消逝了，仍然是面前的草叶、灰白色的寂静的道路。想象着这亲爱的一切，一瞬间就排除了对周围的寂静的苦痛的感觉，一瞬间觉得，这并不是在敌人的旁边，而是在亲人们的中间。但这些闪电一样的想象马上就被从心底里冲出来的对于目前的处境的警惕打断了，于是重新又感觉到那孤单、寂静……

多么漫长的时间哪。但这时更紧张的情况到来了——传来了一大群皮靴踏在沙土路上、踩过草叶的声音，这声音立刻更响，更清楚了，而且连说话的声音也听得见了。敌人，美国兵正在这条路上往这边走来。他抓紧了枪。在阴沉的天空的背景下，看得见那在草丛上面露出半截身子来的高大的敌人了，一个一个地从小路转弯的地方陆续显露出来，走得很密，总有一个排，有的还在吸烟，看得见那闪耀着的红火头。现在那走在前面的几个美国人照距离看起来是已经走过班长的身边了，可是班长那里没有枪响。如果有枪响，那他就会不顾一切地端起枪来冲上去，那样要好得多，可是现在不是这样。没有班长的号令，谁也不能动的。那么现在这些美国兵正朝自己走来……他忽然想：班长是不是还在那里呢？如果班长不在怎么办哪？这想法好像很真实，于是他差不多想要开枪了，或者想要怎么样地动作一下，反正是要动作一下，因为他正躺在路边上。但正在这个控制不住自己的时候，侦察员的铁的纪律使他的头脑一下子清醒了过来。

大皮靴杂乱地踏了过来。……这年轻的侦察员一动也不动，他的眼睛和枪口对准了他们。这纪律的意识战胜了一切，完全改变了他的状况。这就是，他意识到：他完全不属于自己，甚至也不属于自己的热情和勇敢，他的热情和勇敢必须绝对地属于伏在小路周围的黑暗中的他的班，而他的班属于他的连，他的团……绝对的寂静正好对他证明了他的班的威严的存在，他现在能够清楚地意识到他的班长和同志们的眼光和动作。于是他觉得他是十倍、百倍的强大，寂静和孤单的感觉完全没有了，他有手榴弹和冲锋枪，在等待命令。这样，他的头脑就变得冷静而清楚，浑身都是无畏的力量——由于纪律的意识，他就从那个幻想着的热烈的青年，变成了真正的战士。

一个又一个的敌人踏过他的身边，有一只皮靴离得这么近，几乎踏着了他的肩膀。……他一动也不动，仇恨而冷静，像一个侦察员在这时候所应做的，数着敌人的数目，判断着他们的意图。敌人前后招呼着，走过去了。

班长那里仍然没有动静。

班长王顺决定放过这大约一个排的敌人，克服了战斗的诱惑——他的班是有可能歼灭这一个排的——那理由是不用说明的。但即使对于老侦察班长说来，克服这战斗热情的诱惑，也不是容易的，他有很多次这样的经验了。占着有利的地形，枪一响，盲目的敌人就成群地倒下，这是再好不过的事了，可是现在情形并不这么简单，他们是在敌人的纵深里，他不仅对他的班，而且对全军都负有重大的责任。而他的班，他从那绝对的沉寂里感觉到，现在是像他的身体的一部分一样，完全属于他的意志的，可是，不仅他们属于他，他也属于他们，在这种情况里要决断，是很沉重的。

是不是也有可能一下子歼灭敌人的大半，抓住了一个俘虏就立即撤退呢？当这个排的最后几个人通过他的身边，就是说，当这个排全部都落在他的班的范围里的时候，他这么问着自己。但他本能地觉得事情不会这么简单。他伏在路边上的草丛里，看着那最后的一双大皮靴从他面前两步远的地方踏过了，紧紧地咬着牙才克制住了他心里的复杂的激动。他判断后面可能会有零散的敌人，于是决定继续等待。而这个时候他就更迫切地渴望着他的班继续保持着绝对的寂静，他心里不禁担心在他后面离他二十米远的那个年轻人——在这种时候，连老战士也有可能一下子弄出什么声音来的。初上战场时的那些感觉，他是记得很清楚的。当敌人经过他身边而向王应洪的位置走过去的时候，他替他感到苦痛而紧张。于是，当他的班保持着绝对的肃静和隐蔽放过了这一个排敌人之后，从这深沉的肃静中听出来这个班的威严的呼吸和坚强的纪律，他就觉得喜悦，并且从心底里赞美起那个初上战场的年轻人来了。

果然后面有零散的敌人。皮靴踏在沙土路上的声音又传来了，一个影子在天幕下出现了。这个敌人走得有些蹒跚，一面走一面自言自语，好像是喝醉了。这正是机会。这个敌人到了他的附近，他正准备着一下子跃出去的时候，前面的路上却传来了急促的脚步声，另一个敌人凶恶地喊叫着追上来了。他以为他的班的行动被发觉了，但这时在他的眼前却出现了他所没有料到的事情：那追上来的敌人扑了上来就给了那第一个敌人一拳，那第一个敌人呜呜哇哇地叫着，在挨了第二拳之后就回击了。两个人打起架来。侦察员的眼光看出来，这两个人都是军官。于是他下决心趁这机会动手。而这时，好几个侦察员都从他们的位置上出来了：听着打架的声音，又被土坡遮拦着看不清楚，他们就以为是他们的班长在和敌人格斗。班长王顺拔出锋利的匕首，跳上去捅倒了一个敌人，第二个敌人狂叫起来向前逃跑，却被王应洪一下子奔出来抱住了。那个敌人继续狂叫，王应洪恨透了这狂叫，用可怕的力量抱住他，几乎要一下子扭断他的筋骨，但这个敌人却是意外的胆怯，在他的肩膀里好像是棉花团一样，顺着他的两臂的压力就哆嗦着对着他跪下来了。班长奔上来用一块布塞住了这个敌人的嘴，这样他们就得到了一个俘虏。

但这时远远地传来了枪响。因为这个俘虏刚才的这一阵狂叫，刚刚过去的那一个排的敌人回转来了。狂叫着，奔跑着，离这里还有五六十米远就胡乱地放着枪。王顺命令侦察员们把俘虏拖到洼地里去，大家都向洼地里撤退，没有他的命令不准射击。他们刚离开小路，敌人的那个排已经追近到四十米，已经在路边上散开，开起火来。并且右边山头上敌人的一挺机关枪也开起火来。

他们迅速地在洼地里退走，但到了洼地的中央，就叫敌人机枪的火力拦住了去路。而敌人的那个排已经向他们采取了包围的形势。于是王顺命令他的班散开来停止不动。他仍然不还击。

这老侦察员并不是第一次遇到这种危急的处境。他轻蔑这些敌人，他冷静地观察着情况，决心要把他的班，连同那个重要的俘虏都带出去。洼地草丛里的这种寂静使敌人不安了——到底这些人是怎么回事呢？敌人不敢接近，只是架起了机枪朝这里那里射击着，而右边山头上的那挺敌人的机枪，原来是胡打着的，这时反而向这挺机枪开火了。敌人里面发出了几声号叫，显然是被自己的火力打倒了几个。但后来就升起了一颗绿色的信号弹，山头上的火力停止了。

这时候王顺已经把他的班撤到一条干涸的沟里，占据了比较有利的地形。情况很危急，山头上的敌人可能就要下来，这里再不能停留，于是他下定了决心。他命令王应洪跟着他留下来掩护全班；命令副班长朱玉清率领其他所有的人带着那个俘虏利用这条沟的地形向左后面撤退。当他和王应洪打响，把敌人的火力全吸引过来之后，朱玉清就应该带着侦察员们往左边的山坡后面冲去，进入一片树丛。除非敌人发觉了，进行追击，否则不许回头。天亮以前必须把俘虏带到家。

副班长朱玉清想要自己留下来，其他几个侦察员也这样想，但他们听完王顺的清楚、简单、小声的命令以后，就不再作声了。班里的侦察员们大半都是王顺带领、培养出来的，连副班长朱玉清也是王顺带领出来的，大家都熟悉他的性格，对于这样的一个威望极高的班长和代理排长的命令，大家是无法说什么的。

于是人们开始撤退，抬着那个俘虏迅速地沿着小沟向左后面走去。估计他们已经快要爬上开阔地，而敌人的机枪正封锁着那里，王顺就命令王应洪留在沟里，听他的动静，他自己就爬上了沟沿，像箭一般地一下子跃到十米外的洼地中央的一个小土包后面去了。他一跃到那里就向三四十米外的敌人开火了，他打了一梭子就向右滚去，又打了一梭子，然后投出了手榴弹，并且喊着："同志们，三班的跟我来，四班的向右！"王应洪也开火了，他向他的班长学习着，打了几枪马上又跑到另一个地点投出手榴弹，同样地喊着："五班的，在这里，同志们冲啊！"他真的觉得他和无数的人在一起战斗。敌人的火力被吸引过来了。这时候，苦痛地听着这两个战友的惊心动魄的喊声，副班长朱玉清和侦察员们带着俘虏安全地潜入了左山坡后的树丛。

班长不让别人，却让他留下来和他一同担当这场重要的战斗，王应洪觉得意外的幸福。并且班长是这么干脆，没有说明为什么单单留下他，也没有对他特别嘱咐什么，这种绝对的信任就使得他处在他从来不曾知道过的光明和欢乐里。他简直忘了他还是第一次处在敌人的火力下面，在他的一生里面，这还是第一次战斗。他觉得他仿佛已经是身经百战了——事实也确乎可以是这样的，当他屏息着趴在路边上，看着敌人的大皮靴踏过去而意识到战斗的纪律，并且随后他又活捉了那个敌人，使敌人在自己面前跪下，他那战士的心就迅速地成长了。

至于班长呢，他也说不明白为什么单单命令王应洪留下来。他也许是赞美了这新战士刚才在潜伏中的沉着，在活捉敌人时的勇敢，想要锻炼一下这心爱的战士；也许是出于高贵的荣誉心，想要叫这年轻人看一看、学一学他这个老侦察员是怎样战斗的；

但也许是想到了那份使他不安的爱情，金圣姬那个姑娘的眼泪。谁知道呢，也许他觉得，叫王应洪留下来从事这个绝妙的、但也是殊死的战斗，就会给那个姑娘，那份不可能实现的爱情带来一点抚慰，并且加上一种光荣。他是看见过那个姑娘的那么辉煌的幸福表情的。这一点是确实的，因为那个姑娘的那份不可能实现的爱情，以及王应洪对这爱情的极为单纯的态度，他就更爱这年轻人了。他的决定总归是和这有点关系的，在战场上，人们总是把最艰巨的任务交给最心爱的人的，虽然这时候他似乎并没有想到这一切。

总之，英勇的老侦察员和他的助手打得非常漂亮，掩护着全班撤退了。

敌人在打了一阵机枪之后，忽然地停了火，而且还后退了几米。这奇妙的情况马上就揭晓了，原来敌人是非常隆重地在对待着这场战斗：空中出现了四五颗照明弹，随即就是一阵迫击炮弹短促地呼啸着落了下来，在这块洼地上爆炸了。显然敌人已经用无线电报话机联系了他们的炮阵地。这个班最初的那一阵绝对的沉寂骇住了他们，他们总以为这里有很多的志愿军，随后王顺和王应洪的突然的开火和喊叫更使他们觉得是证实了这一点，于是他们就来正规化地作战了。如果听一听敌人在无线电报话机里说些什么，以及敌人的指挥机关在怎样吼叫，确实会很有趣的——看到落在周围的炮弹，王顺不禁笑了，威风极啦，怎么不连榴弹炮也拿出来呀。

王顺滚回到沟里，命令王应洪停止射击，准备夺路撤退。这时，按照美国的步兵操典，在一顿炮击之后，以机枪掩护，那一个排的敌人就从两翼包抄过来了，发出了呐喊的声音，卡宾枪打得像放鞭炮一样。而且，右边山头上的那挺机枪也向洼地中央射击起来。

因为这洼地上的"战役"的巨大规模而快活，王顺就着手来还击。这种快活的心情是战争里最可贵的，从这种快活的心情，他就做出了一个聪明而大胆的决定：从敌人阵线的正当中，就是从敌人的那挺机枪那里突破过去。左翼的十几个敌人已经顺着土坡向他们这边扑来了，王应洪打了一串子弹，他又甩出了一个手雷。这一声轰然的巨响使得敌人倒下了一大半，就在这当中，王顺招呼王应洪跟着他跳出了这条干涸的沟，又往右边的敌人群里扔了一个手雷。然后，完全出乎敌人的意料，这两个侦察员沿着一条土坎向着正当中的那挺机枪奔去了，而那挺机枪这时正向洼地中央的那个小土包周围热情地射击着，以为那里隐藏着志愿军的主力；而右边山头上的那个火力点，则是正在忙着射击洼地的后半部，确信这是封锁住了志愿军的退路。并且，没有被打死的敌人，这时正向洼地的中央，连同着那条干涸的水沟，发起了勇壮的冲锋。

洼地上的"战役"，它的规模就是如此。这时那两个侦察员却突然出现在敌人的"纵深"里，用不几发子弹结果了那两个机枪手。王顺灵机一动，一下子扑倒在机枪的跟前，对准那些敌人射击起来了。事情于是非常简单，他射击了半分钟不到，就结束了这个洼地上的"战役"，当剩余的、滚在沟里的敌人刚刚明白过来，又打出了信号弹的时候，他已经带着他的助手投入了黑暗的荒地，越过了一条小溪，跑进了大片的洋槐树丛了。

王顺在前面奔跑着，他的左胳膊负了一点伤，这时才觉得有些疼痛。他听着跟在他后面的王应洪的脚步声，他忽然听出来这脚步声有些沉重，正在这个时候，右腿负伤的王应洪栽倒了。

他们两个都弄不清楚这是在什么时候负的伤。王应洪身上的伤还不止一处。在当时，他一点也不曾感觉到自己是负伤了，充满了胜利的快乐，无论手和脚都是灵活的。但现在这些伤被意识到了，一旦被意识到，它们就发作了，于是王应洪支持不住了。

王顺一声不响地背起他就走。他们是一刻也不能在这附近停留的。敌人的整个的阵地这时一定是在骚动着，加强了警戒，要搜捕他们的。

意识到这紧张的情况，王应洪就要求班长不要管他，但是班长理都不理他。在年轻的新战士的心里，燃烧着壮烈的感情，他觉得他已获得足够的荣誉，他从来不曾想到他第一次参加的战斗有这么辉煌，他觉得现在是到了牺牲自己，而让班长脱险的时候了。于是，当他们出了树丛，迫近了敌人的警戒线，班长把他放在一条土坎后面，爬上去侦察情况的时候，他就下了这个决心：一有情况，他就留下来——像班长刚才带着他对全班所做的那样，用自己的火力和身体掩护班长脱险。

现在他们正在敌人阵地的旁边，这已经不是他们来的时候那一片开阔地，而是一条狭窄的山沟。这是最危险的地带，一有动静，敌人两边山头上的火力网就会把这一条不到四十米宽的山沟完全盖住，而且，两边的山坡上都有敌人的警戒。他只是在沙盘作业上学习过这一带的地形，班长却是知道一切的。但现在他们显然无法等待或另外选择道路。班长看了看情况回来，就决定拖着他沿着土坎往山沟中间的几棵大树里面爬去。年轻的侦察员既然已经做了决定，看看没法开口向班长说什么，就把自己的冲锋枪扣在手中。他也用他的负伤的肢体帮着爬，咬紧牙关来忍受可怕的疼痛。这是非常艰难的道路，每一分钟只能爬行四五米。班长侧着身子，用右胳膊抱着他的胸部，用自己负了伤的左胳膊撑着地面，一步一步地拖着他。

"班长……"他说。

"不许说话！"班长对着他的耳朵严厉地说。

"我牺牲了不要紧。"

"别说话，纪律！"

听到了这个，年轻的侦察员就不再作声了。

他们终于到了那几棵枝叶长得很稠密的栗子树林里面了。他们在一个小土包后面的草丛里潜伏了下来，现在又得再看动静。这时左右两边的小山头上，敌人互相地喊着他们听不懂的话，然后，就有三个巡逻兵从左边山坡出来，踏着草地慢慢地走着，端着枪，编成警戒的队形，向着这片栗树林走来。

"班长，"年轻的侦察员含着眼泪在恳求了，"我打响的时候，你从右边撤出去……"

班长掩住了他的嘴巴。这个动作是为了警惕，但也是因为难过，说这种话叫老侦察员太伤心了。为了防止这年轻人的意外的行动——他感觉得出来这年轻人身上有着怎么样的一种激动，他也知道，在负了重伤的时候，人们会想些什么——他就拿负伤的左胳膊用力地压住了这年轻人的握着枪的手。

三个敌人的巡逻兵沿着土坎和草丛搜索，慢慢地迫近了这小小的栗树林，其中的一个突然大吼了一声，于是王应洪震动了一下，但班长更用力地压住了他。老侦察员非常镇静，现在还不能判断他们是否已被发觉，因为敌人是常常要拿这一套来给自己壮胆的。三个敌人紧挨着走到这小栗树林来了，在离侦察员们潜伏着的土包三四米的地方站住了，往这边瞧着。

连老练的侦察员这时也有些迷惑了。但侦察工作中的铁则支持着他，这就是，绝对不暴露自己。小风把粗硬的栗树叶吹得发响。这三个敌人互相说了什么，忽然地其中一个又向着右边吼叫了起来。于是他们走过去了。

大约二十分钟之后，侦察员们出了栗树林，沿着右边的山根一寸一寸地爬行，这一个拖着那一个。没爬行几十米，又出现了敌人的巡逻兵，于是他们紧紧地贴着地面伏着。愈来愈明显地感觉到年轻人身上的激动，王顺沉着地压着他的手腕，并且用力地捏了一下他的手。这个动作的意思是，他们是这样地相爱而血肉相连，他绝不能丢下他，而且，他还很有力量。……负了伤后特别艰难的行动，以及敌人的加强警戒，使得他们一直到天亮还没有爬出这条山沟。

眼看着快要天亮，王应洪就又要求班长不要管他，他甚至哄骗班长说，只要班长先走，他就能慢慢爬回自己阵地的。班长不理他，这沉默是含怒的。班长拖着他爬到一条长满杂草野花的小沟里，使他躺在一块比较干的地方，又爬过去慢慢地弄来一些草把沟边上细心地伪装起来——这两个侦察员就躺下了，在这条狭窄的沟里，着手来度过这个白天。他们离山头上的敌人地堡仅仅三十米。但白天的情况也有有利的地方，因为我们阵地上的火力已经能封锁到这个山坡，敌人是不大敢下阵地来的。

班长替王应洪包扎了伤口，也把自己的伤收拾了一下。这年轻人的伤势使他痛心。他竭力显得安静，拿出一块手帕来，在水里弄湿，轻轻地替他擦着脸。然后就拿出了一个馒头——这老侦察员，是有着这种周密的计算的——分了一半给他。

可是王应洪一口也不肯吃。他难过极了，意识到自己拖累了班长，这种心情比身上的伤还使他痛苦。他透过面前的杂草，定定地瞧着辉耀着阳光的五月的天空，一动也不动。

"纪律，"班长对着他的耳朵说，"你是祖国的好青年，你是人民的好战士，吃这半个馒头，这是纪律。"

于是王应洪开始吞吃馒头了。

黑夜过去了，现在是要再等到晚上。离自己的阵地还有两百米。但班长的脸上却出现了愉快的神情。他想要使这个年轻人改变心情，而且，胜利地完成了捉俘虏的任务，洼地上的那场杰出的战斗，对这年轻人所尽到的责任，这个狭窄的小沟里的神秘的隐蔽，这一切都使他变得像早晨的阳光一样愉快。于是他躺在王应洪身边，几乎是全身都躺在湿泥里，对着王应洪的耳朵小声地、活泼地说起话来了。

"你猜我头一回当侦察员的时候是怎么的！一听见敌人的声音我就发蒙了，没有你这么沉着勇敢。那时候我的政治觉悟也不怎么高，还想家哩。我也是老战士一点一点带出来的。咱们部队就是这样，一代传一代，一代比一代强——咱们的这个英勇顽强的老传统。我带着你这也不是为了你，这是为了咱们全军，也是为了人民和党的事业，你为啥要难过呢？"

王应洪不作声。他在想："难道不许我为了人民和党的事业掩护你撤退吗？"

"今晚咱们肯定能回到家里，咱们要去见连长，见团首长，俘虏是你抓的，你这次的功劳我一定要给你报上去。连首长、团首长都在盼着你呢。"

"我没啥功劳。真的。我就是觉着我够本了，天黑了你先把我留在这里吧。"王应洪冷淡地说。

"不哇，同志。"老侦察员热烈地对着他耳朵说，"够本，这思想要不得，错误的。咱们革命的战士，共产党员，青年团员，不是这么容易就够本的呀。一代又一代的，战场上多少同志流血牺牲才培养出咱们来的呀，你算算这个账吧，歼灭了一个排的烂狗屎敌人就能够本？"沉默了一下，看见这年轻人仍然不作声，他忽然微笑着非常柔和地说："你还想着金圣姬那姑娘不？"

"没有。从来我就……"

"不是说的这。咱们也是为她，为老大娘战斗的，朝鲜人民血海深仇还没报，就够本？"这样他就把金圣姬姑娘也巧妙地拖到他的论据里面来了，他迫切地希望打动这青年战士的心，使他放弃那些苦痛的思想，"你说，咱们回到家，过些天再到村子看看，金圣姬跟她妈见到咱们可要多高兴啊，我要好好地跟她谈一谈咱们的这场战斗……"

他的眼前就出现了那姑娘的闪耀着灿烂的幸福的面貌。他并且又想到了舞蹈里的那个"人民军之妻"。在他命令王应洪和他一同留下的那个关键的瞬间，以及在他拖着这青年爬进栗子树林的时候，这个灿烂的幸福面貌似乎曾经在他的心里闪了一下。现在回想起来，好像确实是这样的。他替这个不论从军队的纪律，或是从王应洪本人来说都没有可能实现的爱情觉得光荣，于是他觉得，他拖着王应洪在山沟里一寸一寸地前进，除了是为了别的重大的一切以外，也是为着这姑娘。她曾经在那黄昏的山坡上掩面哭着从他的身边跑过，于是他觉得他是对她负着一种他也说不明白的、道义上的责任。他怜惜她不懂得战争，怜惜她的那个和平劳动的热望，他觉得他真是甘愿承担战争里的一切残酷的痛苦来使她获得幸福。于是，爬进栗子树林进入这条小沟，替王应洪裹着伤，要他吃馒头，拿纪律来强迫他，哄他，又对他小声地柔和地说着话，这一切动作都好像在对他心里的金圣姬姑娘说：你看，我是要把他带回来再让你看看的，你要知道我爱他并不比你差，我更爱他，而且，你看，我绝不是你所想象的那种不通情理的冷冰冰的人！

说来奇怪，他所担心、所反对的那个姑娘的天真的爱情，此刻竟照亮了他的心，甚至比那年轻人自己都更深切地感觉到这个。那年轻人沉默着，透过面前的草叶和几朵紫红色的金达莱花望着明朗的天空，他此刻没有想到这个。从敌人在他的眼前出现以来，他一直忘了这个，但在刚才班长说到纪律的时候，他忽然意识到他有件什么事情做得不够好，接着，班长说起了金圣姬，他才想起来这件办得不怎么好的事情就是他口袋里的那一个绣花的手帕。他现在觉得这件事情没有什么道理。他的那种年轻人的惊慌而甜蜜的幼稚心情，已经被激烈的战斗和对任务、对班长的严重的意识所抹去，似乎在他的心里一丝一毫也不存留了。他所不满足的仅仅是他没有能及时地掩护班长脱险，此外他在生活中就不再需要别的什么东西了，何况那个他从来也没想到过的爱情。他也不理解那个姑娘的要建立一个和平生活的热望，她离他似乎很遥远、很遥远了。……他觉得，他没有及时地把手帕的事汇报给班长，是一个错误。这样，他就摸索着把那条折得很整齐的手帕从胸前的口袋里拿出来了。

"班长，我还没跟你汇报，"他平静地说，"这是她又塞在我的军服口袋里的，昨天换衣服才发现……还有那双袜套。"

班长接过去，展开那手帕来看了一看，想了一想，就又替他塞回口袋里了。

"你留起来吧。"

"不，这违反纪律。"

"我相信你，同志，留着吧。"班长温和地说。这手帕此刻竟这么有力地触动了他，使他又想起了金圣姬的所有美好的希望——而这美好的希望竟是不能实现的。在将来，他们终归会给这姑娘奋斗出一个和平的生活来，她将要结婚并生育儿女，那时她会怎样来回忆现在的这一切呢？"回去我汇报给连部，"他又说，"我想连部会同意你收下的……在这件事情上，没有哪个同志会批评你不对的。"

"我要这个没有道理呀。"年轻的侦察员坚持地说。

"你留着吧。"班长同样坚持地说。

他们沉默了下来。远远的战线上有炮声，可是周围很沉寂。王顺继续想着这件事，这条手帕，女孩子家的希望，并且拿它来和他们眼前的处境对比——眼前是毫不容情的战争，他们躺在敌人阵地上的这个泥沟里。他想，女人们是不了解这些的，当然，这也不需要她们了解。比方他那个老婆吧，离别六年了，来信总是以为他还是六年前的那个爱嬉闹的青年，总是嘱咐他饮食要当心，早晚不要受凉——也不知她是托村里的哪位老先生写的。在和平的日子里，真是连伤风咳嗽也要担心，可是现在他是一个身经百战的老侦察员，不仅不再是爱嬉闹的青年，而且还规规矩矩地在无论什么泥沟里一潜伏就是几个钟点。早晚不要受凉！这真是从哪里说起呀。……可是这种思想却也牵动了他的一点回忆。老婆的信里说：女儿已经上小学，认得一百二十一个字了。他好一阵子想着这一百二十一个字，并且扳弄着手指，想要弄清楚这一百二十一到底是多大的一个数目。一下子他惊讶了："我在这么大的时候，一个字也还不认得呀！这数目不小哇！"透过草叶，有一线阳光落在他的脸上，他闭了一下眼睛，忽然比任何时候都更深、更鲜明地感觉到他所从事的战斗的伟大意义。在敌人阵地上的这个小沟里，他清楚地看见，那扎着两条小辫子的、认得一百二十一个字的小姑娘在他所耕种过的田地边上跑过，还背了一个书包！——这个他在中间度过了将近二十年的受苦日子的家乡，这个生了他、养育了他，用地主的皮鞭迎面地抽击过他的家乡，从来不曾这么亲爱过！

"我忘了告诉你啦，"他对着王应洪的耳朵小声说，"我的八岁的女儿秀真，她认得一百二十一个字啦。"

王应洪转过脸来，微微笑了一笑。他当然高兴听到这个，可是他实在不很了解，班长此刻为什么会这么愉快。他觉得这一切只是为了安慰他，可是他是怎么也不能忘记目前的处境的。他摆脱不开这个思想：要不是他，班长早就脱险了。而且他身上的伤口痛得像火烧一般，浑身都没有力气，这就使他对今天晚上的路程更为担心。总之，他的思想是纷乱而苦痛的。渐渐地他抵抗不住身体的疲劳，迷迷糊糊地睡去了。那些苦痛的思想在睡梦中还继续了一会儿，他梦见敌人包围了他们，他想要冲上前去掩护班长，可是他的四肢无论如何也不能动弹。接着，他的梦境变得柔和起来了，年轻的、孩子似的心灵活跃起来了，他梦见了纺车在他的眼前打转——母亲在摇着纺车，仿佛是病了，母亲在守护着他，对他说："好好睡吧，一觉睡到大天亮就好啦。"他说："不用，上级给了我重要任务！"于是他向敌后出发。忽然金圣姬跑了出来，问他："我的手帕你留着啦？"他说："留着啦。"这时朝鲜姑娘们一起围上来了，赞美地看着他胸前的国旗勋章，欢迎他唱歌，他很慌张，想要躲藏。金圣姬说："我代表他吧!"于是跳起舞来。她不是在别的地方舞蹈，而是在北京，天安门前舞蹈，跳给毛主席看。母亲和毛主席站在一起。舞蹈完了，金圣姬扑到母亲跟前，贴着母亲的脸，说："妈妈，我是你的女儿啊!"毛主席看着微笑了，毛主席并且也看了看他，对他点点头，他也没有忘记敬了一个礼。于是他坚强而快乐地，继续向敌后出发，走进了一条狭长的山沟……他心里一惊，苦痛的感觉又恢复过来，他醒来了。那在旁边睁着眼睛守护着他的，不是母亲，而是班长。看见他醒来，班长碰碰他，兴奋地小声说："你听!"

他疑惑地听了一下，没有听见什么。

"这还听不出来吗? 我们的榴弹炮——打青石洞南山。"

果然是的: 我们的榴弹炮在向右边的小山头后面的敌人的青石洞南山射击。这不是平常的单发的冷炮，这是急促射，是排炮，每一次总有二三十发炮弹呼啸着穿过他们右前方的天空，然后就传来巨大的隆隆爆炸声，连这小山沟里也充满回响。王顺听着这个已经好一阵了。"再来三排，再干!"于是，好像是受着他的指挥似的，一排、两排、三排炮弹过来了。于是他判断着，这一定是副班长他们已经把俘虏弄了回去，情况已经判明，说不定今天晚上就要发起那个准备已久的对青石洞南山的反击战。他把这个判断告诉了王应洪，于是他们兴奋地听着射击声。

不久，在他们后面的一些山头上，传出了敌人的重炮出口的声音，炮弹尖厉地划过空气从他们的顶空飞过去了。在重炮的射击声中，离得很近，还有一个化学迫击炮群的动作。老侦察员的耳朵清楚地判断着这些。有一个重炮群似乎是新出现的，而附近的这个迫击炮群，在这以前更是不曾射击过的，它的位置很利于控制我军向青石洞南山右侧行动的道路。显然敌人最近布置了许多诡计，我军必须争取时间。他兴奋得甚至有些焦躁了，很懊悔自己不曾携带一个无线电报话机。我们的人有没有弄清楚敌人的炮阵地的这些变化呢？

就像是回答着他的焦心的疑问似的，我军的重炮向着敌人纵深里的重炮阵地，以及附近的这个迫击炮群还击了——也是排炮。落在附近的山头上的巨大的爆炸使得躺在狭窄的小沟里的这两个侦察员受到了激烈的震动。显然我军一下子就对准了敌人的新出现的炮阵地。

"肯定了！肯定！"王顺说。俘虏已经捉回，今天晚上就会发起战斗，这个他现在完全肯定了。

他是多么兴奋哪！我军的猛烈的炮击，山沟里的巨大回响，狭窄的小沟里的激烈震动，这一切，使他觉得这是他的部队、首长、同志、亲人们在呼唤他，因那个"洼地上的'战役'"而欢笑，因他的苦痛而激怒，在支援他。

可是，对于侦察员们最爱听的我军炮兵的这个合奏，王应洪却没有他的班长这样兴奋，虽然听着这些声音他的睁大着的眼睛也在发亮，并且嘴边上不时地闪过一点严肃的微笑。初上战场时的那些幼稚的激动已经在他的身上消失了，他忍受着伤口的痛楚，变得这样的沉着安静，虽然他刚才还以他全部的年轻的热情梦见过金圣姬，但在清醒的时候他却对这个很冷淡，他觉得他心里很坚强。于是，看起来他的年龄仿佛一下子大了许多，仿佛他已经是身经百战的老兵，而那个热情的班长倒反而更像个青年了。

炮战沉寂下来不久，天就黄昏了。黄昏好像很长，很难耐，但天色毕竟黑了下来。这一天毕竟安静无事地过去了，王顺兴奋地准备出发。他甚至于有兴趣注意到了沟边上的那几棵紫红色的金达莱花，折下了一个带着两朵花的很小的花枝，插在王应洪胸前的衣袋里，并且开玩笑地说："替咱们那姑娘带朵花去，气死敌人吧。"

天黑了下来，他们爬出了这隐蔽了一整天的小沟，王顺拖着王应洪，向前爬行。

可是王应洪仍然怀着昨天夜里以来的那个决心。这决心愈来愈坚强。因而，当两个敌人搜索着巡逻过来，他们又隐蔽在土坎边上的时候，他就悄悄地向前爬行——王顺一下子拉住了他。但今天晚上星光明朗，他们特别艰难的行动终于叫敌人发觉了。在草丛里又爬行了一阵之后，山边上传来了吼叫，立刻，两个敌人向着这边开着枪扑过来了。王应洪喊着："班长，你快走！"投出了手榴弹而且向前滚去。王顺冲上去打了一梭子子弹，打倒了这两个敌人，背起王应洪就跑，敌人从山边上陆续出现，卡宾枪打了过来——现在用不着再爬行了，没有办法再隐蔽了，于是王顺背着王应洪用所有的力气奔跑起来，在黑暗中高一步低一步地奔跑着，周围飞舞着敌人的盲目的枪弹。

还有五十米不到，就是敌我之间的开阔地了，冲过去！还有三十米……还有十米了！但敌人追上来了。

"班长，班长！"王应洪喊着。

又跑了两步，王顺一下子卧倒，把王应洪放在一块石头后边，说了一句："你别动，放心吧！"就滚向旁边的一个土包，着手来和敌人做最后的决斗。约有一个班的敌人投掷着手榴弹冲过来了，突然地王应洪跪了起来——他居然还能跪起来——投出了手榴弹，而且越过那块石头一直迎着敌人滚去。王顺心里像刀割一般，拿冲锋枪掩护着他，打完了剩下来的半梭子子弹。凶恶的敌人卧倒了一下又站起，继续冲来。王应洪就整个地出现在敌人面前，拦住了敌人，进行决战了。敌人蜂拥上来，想要活捉他。他打完了冲锋枪里面的子弹，一下子站了起来，用他的负伤的腿向前奔去，奔到敌人的中间，火光一闪——一个手雷爆炸了。

剩下来的几个敌人竟不敢再前进，而这时我军阵地上的火力支援过来了，我军的前沿部队出动了……

苦痛的班长王顺，抱回了这个崇高的青年。敌人向王应洪拥来的时候他就向前奔去，投出了他那么宝贵的存留着的两颗手榴弹……然后，他就扑倒在王应洪的身边了，喊着他，抚摩着他，推着他，可是他不再动弹了。但他似乎仍然听见了王应洪的柔和的、恳求的声音："班长，我打响的时候……"他哭了，可是他自己不觉得。他以愤怒的大力抱起他来，在呼啸的子弹下，背着他跑过了最后的那几十米的开阔地，跳进了交通沟。对于就在他的头顶和身边呼啸着的子弹，他抱着绝对冷淡的、无动于衷的心情，好像它们是绝对不能碰伤他似的。跳进了自己阵地的交通沟，听见了自己人的声音，他就在一阵软弱里倒下了，但头脑仍然很清醒，紧紧地抱着王应洪，喃喃地说："王应洪，我们回来啦!"……

夜里十点钟，根据从那个俘虏那里得来的情报——这居然是个上尉，从他的身上搜出了一份文件——我军发动了对青石洞南山的攻击，一个钟点以后就全部地歼灭了山头上的两个加强连的敌人。

班长王顺痛苦了很多天，他的身上揣着那一条染满了血的手帕。他先是把这手帕交给了连里，可是后来，团政委找他去谈话，又把这手帕还给他了。团政委详细地问着他们在敌后的一切，那年轻人曾经说过些什么话，以及洼地上的那一场战斗是怎么进行的。后来，沉默了一阵，就嘱咐他去看一看那个姑娘，把这件纪念品给她。政委说，依他看来，去看一看那对母女，告诉她们这件事，是比较合适的。王顺也这样想，可是好久都很难有这个勇气。这天早晨，上级给王应洪追记一等功的通报发下来了，他心里稍稍安慰了一点，就请示了连部，走下阵地来了。

金圣姬母女不知道这件事情。她们怎么能够知道那敌后的潜伏、洼地上的"战役"、栗树林中的爬行，她们怎么能知道这些呢？她们日日夜夜地望着闪着炮火的前沿，那里有她们的战士们，她们为他们洗过衣服，那里有那个心爱的青年，虽然他好像一直不懂得她们的心愿，但她们觉得，他终归是会回来的。为什么不呢？人们说到中国军队的纪律，可是在她们看来，这与纪律有什么关系呢？

听说班长来了，金圣姬兴奋得像一阵风一样地从屋子里跑出来了，老大娘也笑着迎出来了。好几个妇女跟着进来了，因为她们好久没见到这些熟识的战士们了。不一会儿，小院子里已经围满了人。

班长王顺看了看周围：自从他们上阵地以后，这院子里看起来是没有什么变化。水缸也还在那里，装酸菜的坛子也还在那里，墙上的牵牛花开得很好。他甚至还注意到了支在水缸后面的那个打老鼠的小机器，那是王应洪帮老大娘做的。他坐了下来，对大家问了好以后，就不知道要怎样开口。母女两个，以及院子里的妇女们，都看着他。终于他简单地说起了他们的胜利，王应洪的牺牲，同时取出了那条绣着两个名字的、染满了鲜血的手帕。

在他一开口说话的时候，金圣姬的眼睛马上睁大了，嘴唇有点发抖，脸色苍白起来。这敏锐的姑娘已经猜到了。老大娘在看见了这条手帕的时候就哭起来，院子里的妇女们都哭了，可是金圣姬却不哭，只是脸色非常苍白，眼睛发亮，一动也不动地看着王顺和他手里的手帕。王顺在妇女们的哭声中继续慢慢地、困难地说下去，把手帕交给了金圣姬，随后又取出了一个纸包，从纸包里拿出了一张王应洪的照片。

老大娘哭得很厉害，可是金圣姬不哭。王顺注意到，这姑娘竟有这样的毅力，她一件一件地接过了东西，甚至还没有忘记把它们好好地折起来，包起来。只是她的眼睛更亮，睁得更大，脸色更苍白。

后来，王顺坐在踏板上，低着头，好久说不出话来。妇女们忍着泪肃静地看着他。他想要说一些话，政委也曾经嘱咐他说一点话，他想说："为了人类的美好的生活，王应洪同志英勇牺牲了，请你们不要难过，我们志愿军全体战士，要为这美好的生活战斗到底——请你们，请你，金圣姬同志，永远地记着他吧。"这庄严的言语来到他的心里了，可是这时候金圣姬一下子站了起来，对着他伸出手来，握着他的手并且直直地看着他的眼睛。忽然她的手松了，她转过脸去用另一只手蒙住眼睛，她的身体在微微颤抖着，但马上她又转过脸来直直地看着他，紧握着他的手。这姑娘的手在一阵颤抖之后变得冰冷而有力，于是王顺觉得不再需要说什么了。

《人民文学》1954年第3期

铁木前传

孙　犁

一

在人们的童年里，什么事物，留下的印象最深刻？如果是在农村里长大的，那时候，农村里的物质生活是穷苦的，文化生活是贫乏的，几年的时间，才能看到一次大戏，一年中间，也许听不到一次到村里来卖艺的锣鼓声音。于是，除去村外的田野、坟堆、破窑和柳杆子地，孩子们就没有多少可以留恋的地方了。

在谁家院里，叮叮当当的斧凿声音，吸引了他们。他们成群结队跑了进去，那一家正在请一位木匠打造新车，或是安装门户，在院子里放着一条长长的板凳，板凳的一头，突出一截木楔，木匠把要刨平的木材，放在上面，然后弯着腰，那像绸条一样的木花，就在他那不断推进的刨子上面飞卷出来，落到板凳下面。孩子们跑了过去，刚捡到手，就被监工的主人吆喝跑了："小孩子们，滚出去玩。"

然而那咝咝的声音，多么引诱人！木匠的手艺，多么可爱呀！还有生在墙角的那一堆木柴火，是用来熬鳔胶和烤直木材的，那毕剥毕剥的声音，也实在使人难以割舍。而木匠的工作又多是在冬天开始，这堆好火，就更可爱了。

在这个场合里，是终于不得不难过地走开的。让那可爱的斧凿声音，响到墙外来吧；让那熊熊的火光，永远在眼前闪烁吧。在童年的时候，常常就有这样一个可笑的想法：我们家什么时候也能叫一个木匠来做活呢？当孩子们回到家里，在吃晚饭的时候，把这个愿望向父亲提出来，父亲生气了："咱们家叫木匠？咱家几辈子叫不起木匠，假如你这小子有福分，就从你这儿开办吧。要不，我把你送到黎老东那里做学徒，你就可以整天和斧子凿子打交道了。"

黎老东是这个村庄里的唯一的木匠，他高个子，黄胡须，脸上有些麻子。看来，很少有给黎老东当徒弟的可能。因为孩子们知道，黎老东并不招收徒弟。他自己就有六个儿子，六个儿子都不是木匠。他们和别的孩子一样，也是整天背着柴筐下地捡豆茬。

但是，希望是永远存在的，欢乐的机会，也总是很多的。如果是在春末和夏初的日子，村里的街上，就又会有叮叮当当的声音和一炉熊熊的火了。这叮叮当当的声音，听来更是雄壮，那一炉火看来更是旺盛，真是多远也听得见，多远也看得见哪！这是傅老刚的铁匠炉，又来到村里了。

他们每年总是要来一次的，像在屋梁上结窠的燕子一样，他们总是在一定的时间来。麦收和秋忙就要开始了，镰刀和锄头要加钢，小镐也要加钢，他们还要给农民们打造一些其他的日用家具。他们一来，人们就把那些要修理的东西和自备的破铁碎钢拿来了。

傅老刚被人们叫作"掌作的"，他有五十岁年纪了。他的瘦干的脸就像他那左手握着的火钳，右手抡着的铁锤，还有那安放在大木墩子上的铁砧的颜色一样。他那短短的连鬓的胡须，就像是铁锈。他上身不穿衣服，腰下系一条油布围裙，这围裙，长年被火星冲击，上面的大大小小的漏洞，就像蜂巢。在他那脚面上，绑着两张破袜片，也是为了防御那在锤打热铁的时候进射出来的火花。

傅老刚是有徒弟的。他有两个徒弟，大徒弟抡大锤，沾水磨刃，小徒弟拉大风箱和做饭。小徒弟的脸上，左一道右一道都是污黑的汗水，然而他高仰着头，一只脚稳重地向前伸着，一下一下地拉送那呼呼响动的大风箱。孩子们围在旁边，对他这种傲岸的劳动的姿态，由衷地表示了深深的仰慕之情。

"喂！"当师父从炉灶里撒出烧炼得通红的铁器，他就轻轻地关照孩子们。孩子们一哄就散开了，随着叮当的锤打声，那四溅的铁花，在他们的身后飞舞着。

如果不是父亲母亲来叫，孩子们是会一直在这里观赏的，他们也不知道，到底要看出些什么道理来。是看到把一只门吊儿打好吗？是看到把一个套环儿接上吗？童年哪！在默默的注视里，你们想念的，究竟是一种什么境界？

铁匠们每年要在这个村庄里工作一个多月。他们是早起晚睡的，早晨，人们还躺在被窠里的时候，就听到街上的大小铁锤的声音了；天黑很久，他们炉灶里的火还在燃烧着。夜晚，他们睡在炉灶的旁边，没有席棚，也没有帐幕。只有连绵阴雨的天气，他们才收拾起小车炉灶，到一个人家去。

他们经常的去处，是木匠黎老东家。黎老东家里很穷，老婆死了，留下六个孩子。前些年，他曾经下个狠心，把大孩子送到天津去学生意，把其余的几个，分别托靠给亲朋，自己背上手艺箱子，下了关东。在那遥远的异乡，他只是开了开眼界，受了很多苦楚，结果还是空着手回来了。回来以后，他拉扯着几个孩子住在人家的一个闲院里，日子过得越发艰难了。

黎老东是好交朋友的，又出过外，知道出门的难处。他和傅老刚的交情是深厚的，他不称呼傅老刚"掌作的"，也不像一些老年人直接叫他"老刚"，他总称呼"亲家"。

下雨天，铁匠炉就搬到他的院里来。铁匠们在一大间破碾棚里工作着。为了答谢"亲家"的好意，傅老刚每年总是抽时间给黎老东打整打整他那木作工具。该加钢的加钢，该磨刃的磨刃。这种帮助也是有酬答的，黎老东闲暇的日子，也就无代价地替铁匠们换换锤把，修修风箱。

"亲家"是叫得很熟了，但是，谁也不知道这"亲家"的准确的含义。究竟是黎老东的哪一个儿子认傅老刚为干爹了呢，还是两个人定成了儿女亲家？

"亲家，亲家，你们到底是干亲家，还是湿亲家？"人们有时候这样探问着。

"干的吧？"黎老东是个好说好笑的人，"我有六个儿子，亲家，你要哪一个叫你干爹都行。"

"湿的也行哩！"轻易不说笑的傅老刚也笑起来，"我家里是有个妞儿的。"

但是，每当他说到妞儿的时候，他那脸色就像刚刚烧红的铁，在冷水桶里猛丁一蘸，立刻就变得阴沉了。他的老婆死了，留下年幼的女儿一人在家。

"明年把孩子带来吧。"晚上，黎老东和傅老刚在碾棚里对坐着抽烟，傅老刚一直不说话，黎老东找了这样一个话题。他知道，在这个时候，只有这样一把钥匙，才能通开老朋友的紧紧封闭着的嘴，使他那深藏在内心的痛苦流泻出来。

"那就又多一个人吃饭，"傅老刚低着头说，"女孩子家，又累手累脚。"

"你看我，"黎老东忍住眼里的泪说，"六个。"

这种谈话很是知心，可是很难继续。因为，虽然谁都有为朋友解决困难的热心，但是谁也知道，实际上真是无能为力。就连互相安慰，都也感到是徒然的了。

这时候，黎老东最小的儿子，名字叫六儿的，来叫父亲睡觉。傅老刚抬起头来，望着他说："我看，你这几个孩子，就算六儿长得最精神，心眼儿也最灵。"

"我希望你将来收他做个徒弟哩。"黎老东把六儿拉到怀里说，"我那小侄女儿，也有他这么大？"

"六儿今年几岁了？"傅老刚问。

"九岁。"六儿自己回答。

"我那女儿也是九岁。"傅老刚说，"她比你要矮一头哩，她要向你叫哥哥哩。"

二

第二年头麦熟，傅老刚真的从老家把女儿带来了。他在小车的一边，给女儿安置了一个座位。这座位当然很小，小孩子用右手紧把住小车的上装，把脚盘起来，侧着身子坐在垫好的一小块破褥上。他们在路上走了五六天，住了几次小店，吃了很多尘土。然而，女孩子是很高兴的，她可以跟父亲，这唯一的亲人，常住在一起，对她说来，是最幸福的了。

到了村里，先投奔了黎老东家。黎老东很是高兴，招呼左邻右舍的女孩子们来和小客人玩。

"你叫什么名儿啊?"那些女孩子们问她。

"我叫九儿。"小客人回答。

"你姐妹九个?"女孩子们问。

"就我一个哩。"小客人说。

"那你为什么叫九儿?"女孩子们奇怪了，"在我们这里，谁是老几就叫几儿，比如六儿，他就是老六。"

"这是我娘活着的时候，给我起的名儿。"小客人难过地说，"我是九月初九的生日哩。"

"啊。"女孩子们明白了，"那么，你们那里还兴留小辫儿吗?"

"嗯。"小客人有些害羞了，缠在她那独根大辫子上的绳儿，红得多么耀眼哪!

和女孩子们玩了几天，和六儿也就熟了。九儿看出，六儿和她很亲近，就像两个人的父亲在一起时表现得那样。傅老刚活儿忙，女孩子跟在身边不方便，他打夜作，给六儿和九儿每人打了一把拾柴的小镐，黎老东给他们拾掇上镐柄，白天就打发他们到野外去。六儿背着红荆条大筐，提着小镐，扬长走在前头，九儿背一个较小的筐子，紧跟在后面，走到很远很远的野地里去。

六儿不喜欢在村边村沿拾柴，他总是愿意到人们不常到、好像是他一个人发现的新地方去。可是，走出这样远，他并不好好地工作，他总是把时间浪费在路上。他忽然轰起一个窠卵儿鸟，那种鸟儿贴着地皮飞，飞不远又落下，好像引逗人似的，六儿赶了一程又一程。有时候，他又追赶一只半大不小的野兔儿，他总以为这是可以追上的，结果每次都失败了。

"我们赶紧拾柴吧。"九儿劝告地说。

"忙什么?"六儿说，"天黑拾满一筐回去就行。"

"我们不许一人拾两筐吗?"九儿说。

"就是一天拾三筐，也过不成财主!"六儿严肃地驳斥着。

他慢慢地走在草地里，注视着脚下。在一处做个记号，又察看着。后来，他把柴筐扔在一旁，招呼着九儿:"你守住这个洞口，不要叫它从这里跑了。"

他回到做记号的那里，弯下腰，用小镐飞快地掘起来。

这天，他们高兴地捉住了一只短尾巴小田鼠，晚上带回家里来，装在一只小木匣里。木匠家总是有好多木匣子的。

第二天，风很大。他两个没有到地里去，在六儿家里玩。父亲出去做活了，六儿拿出小田鼠来，对九儿说:"它在匣里住了一夜，一定很闷，我们叫它在地下跑跑吧。"

"捉不住了，怎么办?"九儿说。

"不要紧，你把水道守住就行了。"六儿把小田鼠放在地下。起初小田鼠伏在他的脚下，一动也不动。六儿嘘它，跺脚轰它，它跑开了，绕着房根儿转，突然钻进了一个洞。

六儿发急了，他命令九儿:"你看瓮里有水没有?"

瓮里干着。六儿抓起瓢来，跑到咸菜缸那里，淘来一瓢盐水，灌进了鼠洞。看看不顶事，又要去淘。

"大叔回来要骂了，"九儿说，"盐是很贵的。"

六儿用力把瓢扔在地下，瓢摔裂了。

这一回，两个人玩得很不好。六儿失去了小田鼠，心里很难过。九儿心疼那一瓢盐水，她也是个穷人家的孩子，她在家里，是一针一线也不敢糟蹋的。

风越刮越大，他俩躲到破碾棚里去。那座不常有人使用的大石碾，停在中间。碾台上蒙着一层尘土，九儿坐在上面。六儿爬到那架大空扇车里面，蜷起身子像只虾米一样，仰天睡下了。他招呼九儿："你也进来吧，盛得下。"

"我不进去。"九儿说。

她在思考，面对着现实。外面的风，刮得天黑地暗，屋顶上的蜘蛛网抖动着，一只庞大的蜘蛛，被风吹得掉下来，又急遽地团回去了。她没有母亲，她的父亲，现时在外面的大风里工作着。她新结交的小伙伴，躺在扇车里睡着了。童年的种种回忆，将长久占据人们的心，就当你一旦居住在摩天大楼里，在这低矮的碾房里的一个下午的景象，还是会时常涌现在你沉思的眼前吧？

三

就在这一年，开始了抗日战争。这是在平原上急骤兴起的，动摇旧的生活基础的第一次大风暴。从这一年起，人们在战争的考验里，接受了阶级斗争的新道理，广大的劳苦半生的人们，包括他们那从前以为累赘、无法养教的儿女们，开始打破有形无形、传统久远的束缚和枷锁。黎老东在家的两个较大的儿子，都参军去了。

在兵荒马乱里，傅老刚没有能够按时回到老家去，好在女儿也在身边，他不想去冒那长远路途上的危险了。在这些年月里，木匠、铁匠除去为农业生产服务，还都要为战争服务。傅老刚的两个徒弟，不久也参加了八路军附设的兵工厂。在这一年冬天，傅老刚和女儿，给来往不断和越聚越多的骑兵打钉马掌。九儿兴奋地工作着，有一次她只顾观望那过往的部队，被一匹性烈的马踢了一脚，从此在额角上留下一块小小的伤痕。当时，部队上的卫生员替她包扎好，她连一声也没哭。以后，大家公认，这块小伤痕，不但没有损害九儿的颜面，反而给她增加了几分美丽。

孩子们在风雨里、炮火里，饥饿和寒冷的煎熬里，战斗和胜利的兴奋里，完成了他们的童年，可珍贵的童年的历程。傅老刚在村里人缘很好，附近村庄的人们也都认识他。在逃难的时候，那些妇女们看到九儿，都自动地愿意带着她，跑到哪个村庄，人们一听说是铁匠的女孩子，也愿意收留吃饭和安排住宿。在战争的最后两年，因为年岁大些了，游击经验也丰富些了，九儿总是好和六儿一同走。六儿胆子很大，很机警，照顾九儿也很周到。当他们在一块儿的时候，在九儿那刚刚懂事的心里，除去有人做伴仗胆，感到幸福，还产生了一种相依相靠的感情。当她和六儿在一块儿的时候，也真的没有遇到什么大的危险。因此，她有时也真的相信六儿自我吹嘘的话了。

六儿常常对她说："你谁也不要跟着，就跟着我吧，日本鬼子不敢着我的边。"

"你净瞎说。"九儿跟在他身后边说。

"你跟着我，饥不着也渴不着，"六儿自信地说，"我会像一只大老家（雀），给你打食儿吃。"

在九儿的眼里，六儿的办法就是多一些。下雨的时候，他总是能很好地把九儿安置起来，就是在野地里，也淋不湿。在九儿感觉饿的时候，他能跑出很远，找些吃的东西回来。那时候，在野外躲藏的人很多，人们是愿意帮助孩子们的。而更重要的是，九儿从心里发生的那一种感激和喜欢的心情，也确实能战胜一时的饥饿和寒冷。

日本投降以后，因为多年不回老家，老铁匠急于要带女儿回去看望一下。

临走的那天晚上，黎老东打了一壶酒，给傅老刚送行。平日，傅老刚即使在喝酒的时候，话也是很少的；黎老东酒一沾唇，那话就像黄河开了口子一样，滔滔不绝。可是今天晚上，两个老朋友中间放上一盏菜油灯，一把酒壶，在快要分别的时候，黎老东只是勉强地说了几句普通话。以后，就也把头低下来，一直沉默着。

这是很稀奇的现象。傅老刚问："亲家，你心里有什么事儿？"

"有点儿事儿。"黎老东突然兴奋起来，他是单等着老朋友这句问话的。"亲家，我想向你请求一件事。你看，我有六个儿子，穷得这样，我这一辈子也不打算什么了。不过六儿这孩子，我看还许有些出息。"

"亲家，"傅老刚插断他的话，"你就是娇惯了他一些。孩子们是要管得严紧些的。"

"是这样。"黎老东急于要把话说完，"咱也别绕圈子，据我冷眼观看，九儿和六儿，两个人的感情还合得来。按说，像我这个穷光蛋，还想支使儿媳妇？不过，咳！"

他一口把壶里的酒喝干了，就又低下头去。

"我明白你的意思了。"傅老刚说，"你穷，我就富吗？"

"不过，不过，养女儿总是要攀个高枝儿的。"黎老东低着头说。

"孩子们年纪还小，等我们从老家回来再定规，你说好不好？"傅老刚这样冷漠地结束了这场本来应该激动人心的交谈，使得老朋友的心冷了半截。

这一晚上，九儿在附近的婶子大娘家里辞行。姐妹们留恋她，在这家停一会儿，又一群一伙地到另一家去。六儿也一直跟在后面，就有姐妹们说他："你老是跟着干什么？一个小子家。这又不是打游击的时候了。"

"人家也是来送九儿哩。"有的姑娘说。

"快回家去睡觉吧，六儿。"有的大娘斥责他。

"我就是跟着！"六儿有些气愤地在心里说，"我就是不去睡觉！你们管得着吗？"

九儿一直和别人说笑着。

第二天，打早起，六儿跟着父亲，帮九儿家收拾小车。在黑影儿里，九儿小声对他说："我们还要回来的呀。"

四

傅老刚和九儿走了以后，就一直没有音讯。听说在他们家乡那一带，是蒋匪军盘踞着。这两年，平原上进行着解放战争，人们又经历了许多重大的事件。土地改革以后，黎老东因为是贫农，又是军属，分得了较多较好的地。后来，二儿子在解放战争中牺牲了，领到一笔抚恤粮。天津解放了，在那里做生意的大儿子又捎来一些现款，家里的生活，突然好了很多。黎老东听到二儿子牺牲的消息以后，悲痛了一个时期。他想起这个老二从小没有得过一点儿好，母亲死了以后，还曾带着四兄弟讨要过一个时期的饭。现在，黎老东是将近六十岁的人了，身边只有四儿和六儿。但是，不知道为什么，黎老东不大喜爱四儿，只喜爱六儿。老人的心里想：自己受了一辈子苦，没有过出头之日，几个大孩子，小的时候也没有赶上好年月，现在既然生活好了，应该叫六儿多享些福。

这样，六儿就越发娇惯起来了。他已经长大成人，他不愿意像四哥一样到地里去做活，起猪圈送粪这些事，他连边也不愿沾。可是，也不好净闲着，他就学做些小买卖。秋后，搓大花生仁儿，炒了到街上卖；冬天煮老豆腐，晚上在大街十字路口敲着梆子。卖不完的，就自己吃。每天夜里，父亲已经钻被窝了，他盛上一大碗老豆腐，多加蒜、姜，送到老人跟前说："爹，吃了吧，热的。"

老人爬起来，喝完老豆腐，心里想，这孩子多懂事儿，多孝顺哪！

有时，六儿也盛上一碗送给在夜里喂着牲口的四哥，老四是从小知道省细的，总是不愿意吃。他对六儿说："多卖一碗，就多赚一碗，我这就要睡觉了，喝一碗这个有什么用？"

这使得六儿有时想：这个人真不知好歹哩。

但是，不管卖花生仁儿，还是卖老豆腐，六儿总是赚不下钱。在街面上，他的朋友多，这个抓一把，那个喝一碗，就是记上账，六儿也拉不下脸皮儿去要，到年底，还是得老四去讨账。特别是那些姑娘们，看见六儿提着花生仁儿来了，就说："你这花生仁儿脆不脆？香不香？"

"你们尝尝啊！"六儿赶忙张开布袋口笑着说。

"尝"是不要钱的，可是姑娘们很多，又都下得手，一个人一大把不算，六儿还自己抓着送到她们手里，替她们装进那口虽小底儿却深的衣裳口袋里去。

六儿长得个儿适中，脸皮儿很白，脾气又好，他在街上成了姑娘们十分喜欢的对象。六儿已经能够自觉意识到这一点，他就更加注意去巩固和扩大这个良好的影响。战争结束以后，在这个村里，他第一个留起大分头，还不叫担挑的剃头匠理发，总是在集日跑到县城南关的理发店去。夜晚，村里只有他有一个手电筒，在街上一晃一晃的，姑娘们嬉笑着围着他："看你，六儿，照坏了我的眼！"

"来，六儿，给我拿拿！"

在雨天，他有一双双钱牌胶鞋，故意穿上去串门儿，谁家的姑娘好看，谁家庭院里积的雨水深，他就特别爱到谁家去。那家的姑娘在窗户眼儿里看见他进来，就赶紧爬下炕来说："六儿，你来得正好，来脱下给我穿穿，我正要到茅房里去！"

"你穿着正合适。"六儿说，一边脱下胶鞋来递给她，"你也该买一双。"

"我哪里有这些钱哪？"姑娘笑着说，"六儿，你什么时候再进城，给我捎一双袜子来吧！"

"什么色儿的？"六儿问。

"你看着吧，你常买东西，又懂眼。"姑娘信任地说，在腰里掏摸着，"你带着钱吧！"

"不用。"六儿说，"买回来，再说吧。"

等到买回来，姑娘们只称赞他买的货色好，尺寸合适，就再也不提钱的事了。

五

黎老东目前也顾不上管教他，老人正在为新兴的家业操心。新近他把那匹老灰驴换成了一匹红马。这匹马虽然口齿老一些，但蹄腿毛色都很好，架上那辆分来的破车，实在显得不调和。老人四处去观看，买回几棵榆树槐树，想自己打一辆大车。黎老东打的大车是远近知名的，一辈子给人家打了无数的车，现在年老了，也给孩子们打一辆吧，他的心情是十分愉快的。在转悠着买树的时候，他还得到一棵小檀木树的秧子，做木匠的最喜爱这种树，他把它栽到自己的窗台下，小心养护着，作为自己新的生活开始的标志。院里养了一群鸡，猪圈里新买来两个猪崽儿。

他叫老四和他解树，在院子里，被解的树木斜竖起来，像一架高射炮。老人蹲在上面，俯身向下，老四坐在地下，仰身向上，按着墨线拉那大锯，一推一送。老人总是埋怨老四笨，不是说他走了线，就是说他不会送锯。老四建议叫六儿来拉锯，老人又不肯。老四说他有偏心，父子两个争吵起来，老人甚至举起锛斧，绕院子追赶。

老四最不喜欢人家说他笨。他从抗日战争以来，学习很努力，每天看书看报上夜校，积极参加村里的青年工作，他觉得在家庭里，他比父亲和六儿都进步得多，懂事得多。

吵过架，老人又不甘寂寞，说："我像你这个年纪，早就出师了。我的手艺，不用说在这一县，就是在关外，在哈尔滨，那里有日本木匠，也有俄国木匠，我也没叫人比下去过。阿拉索，有钱的苏联人总是这样对我说。"

"那时他们不是苏联人，那时他们是白俄。"老四说。

"县城南关福聚东银号的大客厅的隔扇，是我做的。那些年，每逢十月庙会，远从云南广西来的大药商，也特别称赞那花儿刻得好。"老人越说越高兴，"这字号是卜家的买卖，老东家和我很合适。"

"卜家不是叫贫农团打倒了吗？"老四说，"你这话只能在家里说，在外边说，人家会说你和地主有拉拢。"

"南关西后街崔家的轿车，也是我打的。"老人说，"那车只有老太太出门才肯用。"

"那也是大地主。"老四说，"那辆车早分给贫农，装大粪用了。"

老人把锯用力往下一送，差一点儿没把老四顶个后仰。

大车的木工程序越是接近完成的时候，黎老东越是怀念他那老朋友傅老刚，因为还要有段铁工程序，大车才能制造成功。附近当然也有其他的铁匠，但是这些人的手艺，都不中黎老东的意。过去，他是常常和傅老刚合打一辆大车的。而他们合打的大车，据说一上道，咯噔噔噔一响，人们离很远，就能判断出这是黎老东砍的轴，挑的键，傅老刚挂的车瓦。他很希望老朋友能来帮他把这一辆车完成好，成为他们多年合作中的代表作品，象征他们终生不变的深厚友谊。现在家里又有吃有喝，他想给傅老刚捎上个信儿，叫他带女儿来。孩子们的年岁也到了，凭眼下这日子光景，再求婚也就理直气壮了。

可是，听说那边还在打仗，信儿也不好捎。

想起儿女的婚姻，黎老东就想起住宅的问题，现在住的这个破院，虽说村里已经固定给他，要是儿子们结婚，还是很不够住的。当父亲的赶上这个年月，还不能替孩子们安排下几间住处，也感觉于心有愧似的。今年一个麦季，一个秋季，收成都很好。他想把粮食合起来，换处宅院。原先，他是想多买几亩田地的，听人说，这年头田地总不牢靠，宅院到什么社会，终归是自己的，他就下了决心买宅子。

关于买宅子，老四提议要和军队上的哥哥商量一下，黎老东说："不用。他是革命干部，不同意我们置家业过活。"

他托了村里的说合人，替他物色宅院。很快，说合人就来告诉他，后街二寡妇那宅子要卖。这所宅子包括三间土坯抹灰北房，木架门窗都还很坚固，院子很大，以后可以盖三合房，现在就有一个大梢门洞儿。价钱不贵，十石麦子。另外，这所宅院距离黎老东现在住的地方很近，以后来往也方便。

黎老东想了想，很中意这宅子，就要下定钱。但是老寡妇有一个附带条件，要卖"养老腾宅"，就是说要等她死了，新主人才能搬进来。对于这一点，黎老东有些犹豫，谁知道老寡妇哪年死哩，看来她还很健康。不久，说合人又来说，老寡妇有个侄儿要争这宅院，出十二石麦。黎老东一听着急了，下了定钱，还和老寡妇那个侄儿闹了一场纠纷，经过村里调解，黎老东是军烈属，才买到了手。

买了宅子，黎老东操心的事情可就多了。他隔几天就要到那宅子里转转，看见院子里跑着一群别人家的鸡，他就轰出去，看见墙头又叫孩子们蹬倒了，他就垒起来，看见房墙上的泥皮掉了，就和泥抹上。他关心宅院的每一个细小部分，而老寡妇好像什么也不管，在东间屋里炕上咳嗽着。

冬天，黎老东想叫老四到这北屋西间来住，捎带喂牲口，马槽就安在外间。他和老寡妇商量，老寡妇不同意，说马会把粪拉到她做饭的锅里。因为这个争吵起来，老寡妇一生气，收拾东西，到女儿家住去了，声言是黎老东把她逼走，在村里影响很不好。在军队里的儿子，不知怎么也知道了，来信批评了父亲。

黎老东为这件事也懊悔了好几天，觉得是找了麻烦。但是既然买了，就搬来住吧，选择了一个日子，他和六儿、四儿搬进了这一所新居。人们还要他请酒，他也只好应酬了一下。

夜里，六儿很晚才回来，黎老东一直没睡着，在等着他。

"我为什么买这个冤孽？"黎老东说，"不就是为了你？"

"嗯。"六儿把头蒙在被窠里，"新房子怎么这样冷啊？"

"你要学点好。"黎老东又规诫着，"不要整天瞎跑。"

而六儿已经呼呼入睡了，鼾声是那样匀称和舒心，老人是喜爱听这种声音的，年老的人，身边有个小儿子甜蜜地睡着，是会感到幸福的。

六

这一年冬天，六儿和村里的一家懒人，合伙卖牛肉包子。每天晚上，他背着一个小木柜子，在大街上来回游逛。

"牛肉包子呀！好热的牛肉包子呀！"

一直到深夜。

包子房设在村西头黎大傻家。黎大傻的老婆，原是县城东关一户包娼窝赌不务正业的人家的长女。这女人长得既丑且怪，右脚往里勾着，黑麻脸，左眼从小瞎了，有一大块萝卜花向外冒突着。她的性情很是刁泼，在新社会里，也长期改造不好，又非常好吃，为了满足她那馋嘴，她会想出一些奇奇怪怪别人绝想不到的办法。

黎大傻做什么事，也是要看着女人的眼色，听着女人的鼻息的。抗日战争以后，经过几次社会运动，他们每次都把分得的一些东西泼撒了。过程是：把分得的土地和一些粗粮变卖了，换回麦子卖面条儿，结果，一家人把本儿利全吃进肚里去。

今年和六儿卖包子，就是和面擀皮儿这些极为轻微的工作，黎大傻的老婆也是不愿意担负的。她不久就从娘家接了一个妹妹来，名义上是帮忙做活，她的实际目的在哪里，谁也猜得着。

这位妹妹，外表和姐姐长得非常不同，人们传说，这孩子原是那些年，从别人家领来的，和她的姐姐，并非一母所生。

她今年十九岁了，小名叫满儿。已经结了婚，丈夫长年在外面。小满儿一年比一年出脱得好看，走动起来，真像招展的花枝，满城关没有一个人不认识她，大家公认她是这一带地方的人尖儿。

刚到姐姐家来，小满儿表现得很安静。她不常出门儿，每天，姐姐出去串门儿，她就盘腿卧脚地坐在炕上剁馅儿，包包子，连头也不轻易抬起。黎大傻在地上来往，装着笼屉，兼在灶上烧火。六儿没事做，放一条板凳在炕沿儿下面，呆呆地望着她抽香烟。等到天黑，姐姐回来，小满儿问做什么吃，姐姐照例是说得很干脆的："还做什么吃？熬点儿米汤儿，就包子吃！"

"六儿不用回家，就在一块儿吃吧？"小满儿问。

"那还用你说吗？"姐姐笑着，"人家是咱们的大东家哩，要好好照应！"

现在，六儿就黑夜白日地在这一家鬼混。

渐渐地，小满儿就不能安静地坐在炕上了。她每天要抽空儿到门口站一站。自从她搬到姐姐家，不知道是谁传播的消息，那些卖胭脂粉儿香胰子的小贩，也都跟踪到这村里来了。他们像上市一样，常常把三副几副的担子放在她姐姐家的门口，如果小满儿还没有出来，他们就用力摇动那小货郎鼓，用繁乱的、挑逗的节奏把她招引出来。

以后，小满儿又借口占碾子借磨，到大街上去。

每逢小满儿到街上来推碾，就会在这小小的村庄里引起一场动乱。当她还没有得到推碾的机会，只是放下一把笤帚在碾子旁边占着，自己一径回家去了，就有一些青年人趁此到碾子附近来了。青年人越聚越多，常常使得那正在推碾的人家，感到非常的奇怪。

后来，碾子空下了，就有青年自动去给她报信儿。过了一会儿，小满儿从她姐姐家的胡同里转出来，青年们的眼睛就一齐转向她那里。青年们的眼神是多种多样的，有的勇敢些，有的怯弱些，然而都被内心的热情和狂想激动着，就像接连爆发的一片火焰。

小满儿头上顶着一个大笸箩，一只手伸上去扶住边缘，旁若无人地向这里走来。她的新做的时兴的花袄，被风吹折起前襟，露出鲜红的里儿；她的肥大的像两口大钟似的棉裤脚，有节奏地相互摩擦着。她的绣花鞋，平整地在地下迈动，像留不下脚印似的那样轻松。

她那空着的一只手，扮演舞蹈似的前后摆动着，柔嫩得像粉面儿捏成。她的脸微微红涨，为了不显出气喘，她把两片红润的嘴唇紧闭着，把脖子里的纽扣儿也预先解开了。

她通过这条长长的大街，就像一位凯旋的将军，正在通过需要他检阅的部队。青年们，有的后退了几步，有的上到墙根儿高坡上，去瞻仰她的丰姿。

小满儿来到石碾旁边，一转身，把大笸箩放在了地下。然后，她掠了掠齐肩的油黑的头发，向青年们扫射了一眼。

她是来碾米。她把谷子铺在碾盘上，等候着她的姐姐。她姐姐叫什么事耽搁住了，一直没有来，她就一个人推动了石碾。

她心里明白，不会没有人来帮她的忙。但是今天，青年们都在观望着，做着各种丑态，甚至互相推挤，却谁也没有勇气上前。

每当小满儿推着碾子转到街道旁边，她就转身向村西头望望，看看六儿来了没有。她很希望六儿在这个时候来，他比这些屏头们懂事，会跑着过来帮她的忙。

可是，六儿也好像忘记了和她约好的这回事儿似的，一直没影儿。她实在推不动了，又不愿意在这些青年人面前示弱，她装作碾得了头合，突地停下来往回折扫着，转身抓起了簸箕。

"怕还不行吧！"这时站在最前边的一个叫大壮的青年，开了口。

这个名叫大壮而实际上非常胆小的青年，是耐不过这种沉寂的场面，又实在心疼对方，才鼓足勇气去抓起了那根闲着的推碾棍。他这种异乎寻常的举动，使得全体青年吃了一惊，连平日向他开玩笑的习惯都忘记了。但是，忽然从街东头传来一声喊叫，这一声喊叫，就像在冬天的夜晚，有黄鼬来拉鸡，孤处的女主人从梦中惊醒，喊叫出来的那种声音一样凌厉吓人。

这是大壮的媳妇。大壮早婚，她比丈夫足足大八岁。她熬过很长的一段岁月，自从大壮渐渐懂得事理，她就越发爱他，并且越发管教得严格了。大壮平日很怕她，他怕她就像怕自己的姐姐，甚至像怕自己的母亲一样。因为，在多年的印象里，她不只照顾了他的饮食起居，而且也教导着他的言语行动。但是大壮从来也没想到，在他偶尔同别的女人在一起的时候，会引起自己的女人这样大的愤怒。他扶着碾棍，呆呆地望着自己的女人。

"你这个不要脸的东西！"大壮的女人急急走过来说，"快做晚饭了，你不去担水，跑到这里来干什么？"

"嗯？"在众人面前，在女人的盛怒之下，大壮不知道怎样回答才好。

"你是哑巴，是聋子？"大壮女人的声音更严厉了，"我问你跑到这里来干什么？你年下就十八岁了，不学正经！"

"他还小哩，原谅他这一次吧！"青年们在一边打哈哈。

"他还小？"大壮的女人最不喜欢别人说她的丈夫年纪小，"什么才叫大人？你们小吗？吃屎的孩子，也干不出这样没出息的事儿来！你们是一群狗，有一只小母狗，在街上夹着尾巴一溜达，就把你们都引出来了！就把你们的脖子勾引得硬了，就把你们的眼睛勾引得直了！我在那边瞧了老半天，看看你们那下流样子！你们自己不觉得？快到井台上，弄点儿水来照照吧！"

她这种不分敌友，一律混杂的教训，引起了青年们的极度不满，但是没有人愿意在这个时候和她起冲突。他们用眼睛、用咳嗽鼓励大壮，很希望大壮就手抽出那根大推碾棍来。但是大壮连丝毫反抗的意思也没有，他甚至移动脚步，要想回家去了。

青年们注视着小满儿，小满儿簸着米糠，脸涨得像块红布。这女孩子，过去在多少男人面前，也是号称难惹的，但是今天遇到这样的场面，她低着头，连一句话也没讲。

斗争总是要展开的，她的姐姐已经在西街口那里出现。她奔赴这里来，就像抢救水火一样迫切。因为肥胖，因为她的一只脚有点儿毛病，特别因为她的视力不能集中，她那奔跑的姿势，就像足球场上，带着球奋勇突击的前锋一样：一时佝偻着上身，一时弯架着胳膊，一时左右脚交攀着，一时在地下滚动着。

"你说谁是小母狗？"她离大壮的女人还有十码远，就发出了战斗的檄文。

"谁自认，我就说的是谁！"大壮的女人挺着身子说。

"我的妹妹是黄花少女！"黎大傻的女人说，"她的屁股也比你的脸干净！你管教你的小女婿行，欺侮我的亲戚就办不到！"

她跑到石碾那里抽出一根棍，但是叫小满儿给拦住了。

"你怎么变得这样老好子？"她吆喝着妹妹，"叫你把我的人都丢净了！"

她举着大棍，奔向大壮媳妇，大壮媳妇以逸待劳，接住棍头，往怀里一带，黎大傻的老婆就来了个嘴啃地。

七

就在这个时候，久别的傅老刚父女，回到了这个村庄。

傅老刚还是推着他那铁匠炉，前面拉车的，是九儿。

傅老刚越显得年老和瘦削，小车已经破烂不堪，嘎吱的声音，也没有了当年的气派。九儿长高了，但穿的衣服也很破旧。她的脸蛋儿很是干瘦，头发上挂满尘土，鞋面儿已经开裂，只有那一对大眼睛里射出的纯洁亲热的光芒，使人看出她对于回到这里来，是感到多么迫切和愉快。

把小车推到十字街口，傅老刚放下绊带，和人们问好。九儿拉下脖子上围着的旧毛巾，擦着脸上的汗水。

"我们又回来了，"傅老刚说，"可是，你们为什么吵架呀？"

"不为什么，"青年们说，"两位女同志，吃饱了没事儿，在这里练把式。"

"不要这样。"傅老刚郑重地说，"你们一直生活在咱们的根据地，真是生活在天堂里了。你们看我们那里，在国民党占据着的时候，人们的生活困难到了什么地步！我同九儿回去，正好陷在网里。还好，总算是逃了个活命出来。"

"你们那里生产怎么样？"青年们问。

"正在恢复，今年又遇到荒年。"傅老刚说，"你们有好日子，不好生过，就对不起共产党和毛主席。这些年，我一直想念你们，我想这里是老解放区，工作一定进步得多。六儿哩，怎么不见六儿？"

傅老刚在人群里巡视着，转身望了望他的女儿。女儿好像已经寻觅过了，她现在只是站在那里，注视着正在推碾的那个长得极端俊俏，眉眼十分飞动的女孩子，她不认识这个女的，以为是谁家新娶的小媳妇。

"刚才，我看见六儿在村北边赶鸽子，这会儿，也许回家去了。"一个青年说，"你也该去看望看望你的老亲家了，黎老东这两年的生活，可提高大发了！"

傅老刚和人们告别，架起小车。九儿拉着牵绳，还不断地回头看小满儿。

见到老朋友，黎老东高兴极了。他带着亲家到他那新宅子里去看他打制的大车。

"亲家你看，就等你来了。"黎老东兴奋地说，"明天，咱们就在这院里支起炉灶来。你看，这院子多么豁亮，做起活儿来多醒脾？"

"真是好哩。"傅老刚说，"就是在这里开个木货厂，也满宽绰呢。"

"打完这辆车，我也就该休息了。"黎老东十分得意地说，"你知道，现在运销很赚钱，车轱辘儿一动，就是大把的票子。天津解放了，老大挣钱也多了，你看，刚一进冬天，就给我买来了这个。可是穿上这个，我还能做活吗？"

傅老刚打量着亲家高高翻起的新黑细布面儿的大毛羔皮袍，忽然觉得身上有些寒冷似的。黎老东还没有让远来的客人进屋休息的意思，他详细地说明了建设这所宅院的计划，又带着亲家去看猪圈。最后，推开北房门，叫亲家看马，这才顺便把客人让到里间坐下来。

当两个老人进了屋，九儿刚要跟进去的时候，她抬头看看，六儿站在房顶上向她招手，并且指给她上房的梯子所在。九儿轻轻上到房上，看见六儿躲在一排干树枝后面，引逗着一群鸽子玩儿。鸽子看到生人上来，都拍翅飞向天空，现在太阳西沉，西天的红霞映照到白灰抹平的房顶上。红色的、白色的鸽子在他们头顶上奋飞着，追逐着，翻腾着。

"我早就看见你来了。"六儿说，"有我父亲，我不敢大声叫你。"

"你喂这些鸽子干什么？"九儿问。

"好玩呗。"六儿说，"新近，杨卯儿从北京弄来一对纯白的外国种，实在好，我还想买来哩，人家就是贵贱不卖。"

"青年团不批评你吗？"九儿问。

"我不是青年团。"六儿扬手引逗着天空的鸽子,使它们飞下来又飞上去,"你加入了吗?"

"我也是刚加入。"九儿说着沉默了。

"这东西玩熟了,最有意思。"六儿说着站立起来,向天空呼叫着,"鸽儿,鸽儿。"

鸽子们先后驯顺地落在房檐儿上。

"六儿,那个姑娘是谁?"九儿忽然看见,在西边隔几户人家的一间房上,站着刚才推碾的那个姑娘。那姑娘直直地望着这里,脸上带着那么一种逼人而又难以理解的笑容。

"那是黎大傻的小姨子小满儿。"六儿说,"包子蒸熟了,我该去装柜子了,我们下去吧。"

吃晚饭的时候,六儿也没有回家来。当四儿知道九儿也是个青年团员的时候,非常高兴地说:"你的关系带来了吗?今天晚上,你先参加我们的学习会吧。"

"我一路上,把关系转了来。"九儿笑着说,"我很愿意参加你们的学习会,四哥在团支部负责吗?"

"我是宣传委员。"四儿说,"咱这一带地方风沙大,每年春天缺雨,上级号召人们打井栽树,变旱田为水田,这是好事儿。可是村里还有很多人认识不清楚。"

"就是他妈的你认识清楚,"黎老东说,"你少在外头给我挣骂吧。"

"六儿为什么不参加青年团?"九儿问。

"谁知道他为什么?"四儿说,"他说脑筋不好,一开会就头痛。你看他像脑筋不好的人吗?"

"你要帮助他。"九儿说,"我看他把心都用到旁处去了。"

"你劝劝他也许好些。"四儿叹气说，"他一点儿也瞧不起我。我在我们家里，威信太低。"

"胡说八道。"黎老东又斥责他，"你在外边威信高，高了什么来？"

"年轻人进步是好事。"傅老刚劝说着，"亲家，要不是这个世道，你的生活能过得这样好吗？"

"你说的这话对，"黎老东说，"时代是不断前进的，可是，我们过日子，还得按照老理儿才行。"

八

由于九儿表示十分关怀，四儿提议一同找六儿谈一谈。四儿把牲口喂上，叫两个老人在家看门，装好学习文件，又带上一个小油灯，同九儿出来。

"你带个油灯干什么？"九儿问。

"这是我们团里的学习灯。不敢放在讲堂上，怕浪费油。"

黎老东在屋里听到"油"字，就冲着窗台喊："四儿！你又添上了咱家的油？你们青年团真成了穷人团，哪里有赔着灯油做工作的？他妈的，你的威信高，还不是高在这点灯油上！"

四儿没答言，领着九儿出来，他在街上停了停，说："六儿晚上卖包子，不知道出来没有。"

今天晚上，六儿没有出来做买卖，代替他那清脆的声音，是黎大傻那大劈拉嗓子："牛肉包子咧！好热的牛肉包子咧！"

四儿问他六儿到哪里去了，他有些不屑于搭理地说："谁知道。我又不是他的掌柜的。"

当四儿和九儿转到西街口上，在村边一处大场院里，传来六儿说话的声音。场院的门虚掩着，隐约地看出：院里栽着很多树木，堆着几个柴垛，靠墙边，有一棵大杨树高高矗立着。在杨树下面，六儿和一个女人贴身站立着。

九儿在门口站住了。四儿性急，一推门进去，并且大声喊叫了一声："六儿！"

那女的好像从什么东西上撞了回来一样，很快地往旁边一闪。

"你喊叫什么！"六儿压低声音，愤怒地说。

"怎么啦？"四儿并没有调整自己的嗓门儿，"有什么秘密？"

"不许你嚷！"六儿更发急了。

四儿停止了说话。但是，忽然嚓的一声，他划着了一根火柴，把手里的小油灯点了起来，高高举起，向四下里照耀。

"天爷！"六儿跑上去，一口把他的油灯吹灭，说，"到处点你这穷灯干什么！"

"真的有什么见不得光明的勾当，在这里进行着吗？"四儿一边说着，一边大步地绕着杨树行进，冷不防撞在躲在杨树后面的小满儿的身上，两个人吵了起来。

"完了！"六儿一跺脚，大杨树上扑棱棱一响，"鸽子跑了！"

"只是跑了一只。"小满儿停止吵闹，往上观看着，"谁也别说话了！"

飞起的那只鸽子，不知是属于什么性别，它是留恋眷属的，在黑暗的天空里绕了一遭，又落到了杨树上。这时六儿才低声告诉他的四哥，杨卯儿那外国种鸽子跑出来了，他正想法上去抓住它。

在黑夜里看来，这杨树一直高到抚摸着群星，而它那树皮，又像女人的肌肤一样光滑。六儿已经脱下鞋袜，在手里唾着唾沫，要攀登上去了。

"这样黑天，你要玩命?"四儿说，"我回家叫父亲去!"

"少在这里拿大哥架子吧!"小满儿说，"抓住一只三十万，抓住两只，你学习好，给算算是多少钱?"

"六儿，"九儿忍不住，说，"你不要冒这样的危险吧!"

"好。"小满儿啧着嘴说，"心疼你的人发言了。"

"你是什么人，"九儿说，"我们从来又不认识，和我犯嘴?"

"我是什么人?"小满儿冷笑着说，"我是和你一模一样的那种人。"

"别吵了。"六儿哀告着，"别再吓跑了我的鸽子，鸽儿，鸽儿。"

他很快地就上到了树的老杈那里。

"我们走吧!"四儿对九儿说，"没有办法，摔死了，怨他命里活该。"

九儿的心里非常气愤和极度不安，但她还是同四儿走出来了。

"也好像是一对儿哩!"小满儿放长声音说。

"你说什么?"六儿在树上问。

"我说的是鸽子呀! 它们在靠南边的那一枝儿上。"

他们听见小满儿站在树下，不停地说着话，并指引着六儿的冒险行动。

九

在土地改革时没收的一家地主的宅子里，九儿和这村的青年团员们会面了。很多人原先是认识的，他们热情地问候九儿。四儿点着油灯，把人们招呼进西屋里，西屋原是三间，现在已经打通，青年团和本村的剧团都利用这个地方进行活动。屋子里十分寒冷，窗子都破碎了，顶棚上的花纸一块块带着灰尘蛛网垂下来，门也缺了一扇。北墙上挂着一块小黑板，黑板前面放着一张破旧油腻的六人桌，地下用土坯和泥，垒成一堵堵的矮墙，也不知道是要人当作桌案还是当作座位。坐在上面，感到十分冰冷，那些女孩子们，穿的衣服很单薄，但是，她们还是安详地坐在上面了。

四儿和一个叫锅灶的青年是教员，他们守着油灯，给团员们讲解怎样向广大农民进行打井造林的宣传，讲完了一节就进行讨论。

夜深了，这屋子里实在比屋子外面还要冷一些。他们还是认真地讨论着。

"同志们，我们一定要把我们的村庄，建设成一个富裕繁荣的村庄。"四儿说，"到那个时候，我们青年团就不会再在这样冷的屋子里开会，我们要盖起一座很好的礼堂来。"

"离题太远了。"锅灶警告他说，"目前是研究怎样克服宣传上遇到的阻碍。"

"依我看，在我们村里，横在我们前进道路上的，有两大障碍。"四儿转回来说，"一是黎七儿的胶皮大车，运输很发财，助长着人们只看眼前，只顾个人的资本主义思想；一是黎大傻家的包子房，男女混杂，减低着人们的生产热情。如果要想宣传得好，就得限制黎七儿出车和取消黎大傻的包子买卖。不然，我们只是空口宣传，他们那里却有实际利益，我们是白费劲儿。"

"我同意你的看法。"锅灶说,"可是,第一,六儿是你兄弟,你应该首先叫他脱离那个坏环境。第二,你父亲正在打大车,也想要走个人发财的路。这两大障碍,不在别处,就在你们家里,你把克服它们的办法说一说吧。"

　　"困难就在这里。"四儿真诚地说,"我的父亲根本不听我的话。我问他:你反对党的号召吗?他说:我完全拥护。我说:我们今年冬天打一眼井吧!他说:现在还不忙。这就是我遇到的困难。但是,我绝不在困难面前低头。"

　　"我可以帮助你。"九儿说,"我的看法和你们不大一样,老人也是可以说服的。在老家,我的父亲就很喜欢我把新道理讲给他听。至于六儿,我们也应该帮助他进步。"

　　"是呀!"坐在她后面的那些姑娘们,半天没人言语,现在像有人指挥着的合唱队一样,一齐喊叫出来。

　　"帮助六儿进步,这又是一个难题。"锅灶笑着说,"那个叫小满儿的,对他的吸引力,要比团强烈得多。"

　　姑娘们反对他这种看法。

　　"不信,你们就去试试,看能不能把六儿从她那边拉过来。"锅灶无可奈何地从台上走下来说。

　　散会以后,他们歌唱着各自回到自己的家里去,九儿被姐妹们拉去一块儿睡觉。锅灶家里人口多,房屋少,每年冬天是和四儿做伴的,这样便于共同学习和互相辩论。他们一同回来,四儿喂好牲口,在灶台上捡了几块早饭剩下的凉山药,和锅灶分吃了,两个人就去钻被窝。

　　"被窝好凉啊!"锅灶笑着说,"既没有柴烧炕,又没有小媳妇给暖暖,我们太困难了!"

"战胜它吧！"四儿一边吸着冷气，一边说，"要想打光棍儿，就得有这样一种克服困难的精神！"

"你认为我们一定打光棍儿吗？"锅灶说，"据我看，那可不能过早地下结论哩！"

红马在外间屋里吃草，它虽然口齿老了，但那嚼草的声音，还像斩钉截铁一样铿锵。两个青年很快就睡着了，月亮把清水一样的光亮，洒到他们的窗子上来。

十

这时，六儿和小满儿，还没有离开那所空场院。鸽子，六儿早已抓到。他从树上滑下来，小满儿把他拉到一个大麦秸垛后边，两个人埋在绵软温暖的麦秸里。小满儿掏出红绒绳儿，把两只外国种鸽子的翅膀别起来，欢乐地抚弄着它们。一会儿叫它们亲嘴儿，一会儿，又叫它们配对儿。

"卖了它，给你买一件棉袄。"六儿对她说，"见面分一半，何况你帮了我不少的忙。"

"你和我的交情并不在吃穿上面。"小满儿认真地说，"给那位九儿，买一件吧。"

"为什么？"六儿问。

"就为她那脸蛋儿长得很黑呀，"小满儿忍着笑说，"真不枉是铁匠的女儿。"

"人家生产很好哩，"六儿说，"又是青年团员。"

"青年团员又怎样？"小满儿说，"我在娘家，也是青年团员。他们批评我，我就干脆到我姐姐家来住。至于生产好，那是女人的什么法宝？"

"什么才是女人的法宝？"六儿问。

小满儿笑着把头仰起来。六儿望着她那在月光下显得更加明丽媚人的脸，很快就把答案找了出来。

当黎明以前，天空弥漫着浓雾，树枝、草尖和柴垛的檐顶上结满霜雪的时候，六儿和小满儿才决定回家。他们站起身来，各自掸扫着头发和衣服上的草末儿，发现那珍贵的外国种鸽子，有一只压死在小满儿的身下了。那是一只大蓬头的雄鸽，六儿把它托在手里，表示了非常的沉痛。在这一时刻，他愿以任何代价挽回这只鸽子的逝去的生命，但是，它的心脏确实停止跳动了，翅膀下面的部分也发了凉。

回到黎大傻的家，大门和房门都是虚掩着。小满儿和六儿在这样晚的时候同时进来，也没有引起她姐姐的任何惊怪，而黎大傻好像根本就没有听见似的，在自己的被窝里呼呼地鼾睡着。

小满儿告诉姐姐，今天夜里，她同六儿捉鸽子去了，并且说六儿正为一只鸽子被压死难过哩！

"那有什么难过的？"姐姐在被窝里笑着说，"烫一烫，拔了毛剁剁，又省下四两牛肉！这样冷的天，我以为你两个抽空儿去干点正经事儿哩，倒去捉鸟儿玩了。唉！你们快到炕上来，钻进我这被窝里暖和暖和吧。"

她说着，把自己的热被窝让了出来，光着身子爬进黎大傻的被窝里去了。

等到天明，六儿从这一家出来，在门口遇到了鸽子的主人杨卯儿。

杨卯儿个子不高，打扮得很利落，他的脑袋很小很尖，戴一顶毡帽儿，还显得分量过重。他那脑袋不停地上下颤动着，两只又圆又小的眼睛，非常灵活地转动着："六兄弟，起来得早哇！"

"你也早。"六儿垂头丧气地说，"有什么事情吗？"

"来找你。"杨卯儿把两只手插进短袄上的褡包里，"咱弟兄平日交情不错，你把鸽子还给我吧。今年它们下了蛋，孵出第一窠，我就送给你，我这人说话算话。"

六儿没有答言。

"不然，"杨卯儿上前一步，"我近来玩好了一只抓兔子的鹰，现在正是行围射猎的时候，我可以把它送给你。"

六儿还是没有话。

"如果你要钱——其实咱兄弟们不过这个，"杨卯儿的嘴唇抖颤着，脑袋扭向一边，"也可以。你先把鸽子给我，我慢慢去筹划。"

"回头再说吧，"六儿拔腿就要走，"我吃饭去。"

"怎么！"杨卯儿的两眼急得发出蓝光，"你素日好交朋友，对我这样不讲交情？你趁早把鸽子还给我，不然，你就是霸占！"

"什么叫霸占？"六儿站住，回过头来问。

"霸占我的鸽子，还霸占有主儿的青年妇女。"

"你看见了？"六儿问。

"有人亲眼看见，不然，我们就抖搂出来！"杨卯儿喊叫着说。

"你抖搂出来，又怎样？"黎大傻家的门子一响，小满儿站了出来。她显然是刚刚梳妆打扮好，脸上的粉脂还没有擦匀，她倒背着手在门框上一靠，面对着杨卯儿。"我倒要看看你能抖搂出什么来？你有什么证据吗，你抓住了男的，还是抓住了女的？你说呀！别他妈的大清早起在这里满嘴喷粪了，小心我过去拿大耳光子拍你!"

<h1 style="text-align:center">十一</h1>

　　杨卯儿原先也是一个卖针头线脑儿的货郎小贩。过去，每年腊月，他到保定府贩些女人年节用的物品，过铁路到山地里去卖。关于他在西山做买卖，很有一些奇异的传说。这些传说，都带有很大的浪漫性质。但是，多年来他并没有发了财，现在，在他身边遗留下的，只有那时用过的一把砂胎蓝釉小水壶。

　　前几天，县里介绍了一位从省里来的干部到村里来。这位干部，从各方面看，都像一个高级干部。在解决住房问题的时候，却使得村干部们觉得他有些古怪和不近人情。按照习惯，像这样的干部，应该住在村干部或是积极分子的家里，那样在相互接近和负责保卫上，都会便利一些。但是，这位干部提出要住在一个普通的人家，并且说除去先进的方面，他还要看看村里落后的部分，这就使得村里的负责同志有些踌躇，以为他负有什么特殊的使命，前来私访。而那位惯出古怪主意的副村长，竟顺水推舟，把他领到杨卯儿的家里来了。

　　杨卯儿是个光棍儿，最初，对来客表示很欢迎，在炕上腾出一段地方，虽然那一段地方是属于炕的寒带。这位干部身体弱，在屋里又生起了一个小煤火炉。

　　"杨同志，火闲着也是闲着，能不能借把铁壶来，弄点开水喝呀?"干部说。

　　"不用去借，咱家里就有。"杨卯儿说着就从桌子底下的横板上，取出他那把水壶，到瓮里注上水，坐在炉口上。

　　"这是把瓷壶哇，能坐水吗?"干部问。

"这壶好就好在这里。"杨卯儿说,"瓷面砂胎,在火上坐水,就像沙吊儿一样,又快又不漏。"

但是炉口马上被水洇湿,一个劲儿噬噬地响。最初干部以为刚从瓮里提出,是带来的水。后来提起一看,壶底裂了好几道缝,这缝被火一烤,裂得更宽了,不但水喝不成,而且有火灭的危险。干部说:"不行啊,杨同志,壶实在漏了,不能用。"

"不漏!"杨卯儿睁大一双小圆眼睛说,"我说不漏就不漏。"

"那不是明明在漏吗?"干部说。

"在我这屋里,你住着不合适。你搬到别人家去吧。"杨卯儿二话不说,就宣布了逐客令,这真使得干部大惑不解了。

干部指给杨卯儿看:一大滴一大滴的水,从壶底漏下来,漏到火里,噬,噬,噬噬!

杨卯儿连头也不转过来。

干部只好卷起铺盖,找了带他来的副村长去,把事情发生经过讲了一遍,副村长笑着说:"同志,你要看村里的落后部分,我不知道杨卯儿,能不能算是一个典型?关于他的出身历史,我还可以向你介绍一些比较详细的材料。我年轻的时候,和杨卯儿搭伴儿做小买卖。像你看到的,和这样一个人做伙计,是最困难不过的了。他抬硬杠,一根筋,死赖账,翻脸不认人。但是他对西山的地理很熟,哪一条道儿也摸得清,我就忍着气和他做伴。每年,他都是吃净赔光才肯回来的。他赔光,不是好吃懒做,也不是为非作歹,只是为了那么一股感情上的劲儿。他进了山,就像打猎的进了林一样,专门要找好看的女人。至于什么女人叫丑叫俊,那全看对不对他的眼光。这个人,凡是他的东西,都是好的,别人不能批评的。他喜欢的,死小鸡子也是凤凰。每年他总会遇到一个美人儿。一旦发现了这个美人儿，他就哪里也不再去，只到这个庄儿上来。不管刮风下雨，只坐在这家门口上去卖货。你想，一个小庄儿上，能销多少货物？坐吃山空，他就这样赔光了老本儿。一年冬天，他又发现了美人儿。这家人住在一个高山坡上，那女人我也见到一次背影儿，倒是长得不错，穿一身干净蓝衣服，头发梳得光光的，在后面盘成一朵圆花。杨卯儿被她迷住了，一直到腊月二十几，我要回家了，他还是每天到那庄儿上去，在人家门口，一坐就是一整天，饥了就吃些干粮，提起他那把小壶，喝些冷水。他一个劲儿地摇动他那小鼓，小鼓两边的皮都打穿了，人家那女的再也不出来。有一天，他实在忍不住，跑到院里去摇，正遇上人家男人从山上回来，扯起扁担把他赶出来，把他的货箱、水壶踢到山坡下面。他是从山上滚下来的，头破血流，摔晕了过去。我赶到那里，把他救活过来，替他拾掇好东西。看了看，别的东西损失不大，就是小水壶裂了缝。我说：杨卯儿你的壶破了。他当时就很不高兴地说：没破，顶多是有点裂璺儿。我说，对，是裂璺儿，就像你这脑袋上的裂口一样！同志，杨卯儿的性格就是这样。他直到现在，还在想念那个女人，说那女人对他是有心思的，只是那男的不愿意。你不要见怪，我们另找房子搬家吧！这村里还有一处落后的地方……"

杨卯儿一生，还从来没有看见过长得这样好看的女人，他立刻被小满儿那红白焕发的容光惊呆了。他的两只脚，像冬天雪地上的麻雀一样向前跃动着，上身不动，小脑袋直伸向前。他现在的形象，和他的名称相反，正像在木匠的斧头锤击下，亢奋地塞进木脐眼儿里去的尖锐的木楔一样。他上下反复地打量着小满儿的全身，他倾听着她的斥责，就像知罪的宗教徒接受天谴一般。

但是，对他说来像乐曲一样的声音，突然停止，小满儿一摔门子进去了。

十二

黎老东的大车的铁匠工序，正式开始了。铁匠炉安设在新买来的宅院里。早晨，天气很好，六儿的鸽群在天空飞翔着。

黎老东最后修整着车的上装，在他心里，只等铁匠完工，就可以开始上油漆了。傅老刚把铁匠炉点着，一股浓烟翻转着升向天空，然后折下来在庭院里散开。九儿拉着风箱，四儿被派去练习抡大锤。

黎老东把几年来积累的烂铁和新买来的铁料，搬到炉下来。

九儿今天穿得很单薄，上身只穿了一件蓝色夹袄，她把擦脸的毛巾捋起来，齐着脑门把头发捆住，就像绣像上孙悟空戴的戒箍一样。她的脸色是更显得明朗了，充满了工作的热情和虔诚，轻捷而又稳重地推动着风箱。

傅老刚炼好第一块铁，用大铁钳夹着放在铁砧上，四儿赶过去抡起大锤。傅老刚用小锤敲点着砧子边教导着他，他还是不能用最适当的力量打在最适当的地方，有时把锤空落在砧子上，有时竟打在傅老刚的小锤上。九儿放下风箱把，来打给他看，在她的热心的示范和帮助下，四儿抡锤的技术，开始进步了。

黎老东在一边做着木匠活，注意力主要放在这边来了。他不断地斥责着四儿，说他笨，没有出息，唠叨不休。傅老刚在休息的时候，走到黎老东的身边说："亲家，我看你的脾气变坏了，对孩子们不能这样。这样不能使他工作得好，反会使他工作得更坏。他工作着，你一个劲儿斥责他，他的手脚就不知道往哪里放了。"

"你怎么说这样的话，你不是说管孩子应该严格些吗？"黎老东说，"打制这辆车是我心上的大事，早打成一天，好早一天用它去赚钱。亲家，让我们老兄弟把最好的手艺都施展出来吧！"

建立友情，像培植花树一样艰难。花树可以因为偶然的疏忽而枯萎。在黎老东和傅老刚这一次合作里，两个人心里都渐渐觉得和过去有些不一样。过去，两个人共同给人家做工，那是兄弟般的，手足般的关系。这一次，傅老刚越来越觉得黎老东不是同自己合作，而是在监督着。赶工赶得过紧，简直连抽袋烟，黎老东都在一旁表示着不满意。最使他气闷的是，自己远道赶来，黎老东却再也不说九儿和六儿的事，好像他从前没提过似的。

最后几天，黎老东只是穿着大皮袄，在院里察看着，指点着；六儿也打扮得像个客人似的，有时来在院里转悠一下，就不见了。傅老刚身体有些不舒服，在这样冷的天气里，他穿着一件破旧的小衫，还是辛勤地工作着。天天都有些参观的人，来到院里，这些人都是傅老刚的旧相识、老朋友。过去，他们来是同时观赏黎老东和傅老刚的手艺的；今天，在这些人的眼里，傅老刚的手艺，和黎老东的家业，被分别了出来。人们不再注意黎老东的木匠手艺，在新的形势下面，只在关心他的发家致富的前途。

两个老朋友，显然已经站在不同的地位上。黎老东完全感觉到了这一点，傅老刚很快也完全感觉到了，这就是我们的悲剧产生的根源。傅老刚感到，过去多年来，他和黎老东共同厌恶、共同嘲笑过的那种"主人"态度，现在是由他的老朋友不加掩饰地施展起来了，而对象就是自己。这当然不是新的社会制度的过错，而是传统习惯的过错。

当铁工也接近完成，一次吃饭的时候，黎老东忽然笑着说："亲家，我过日子越来越细了，你不要笑话我，我要积些钱给六儿他们把房子盖好。我想，你是不争这些的。"傅老刚以为他要说九儿和六儿的事了，抬起头来听着，谁知道下文却是这么一句，"这些日子，就当你们是在老家度荒年吧！"

最后一句话，完全激怒了傅老刚，他把饭碗一推，立起身来，说："亲家，我不是到你这里来逃荒啊！"

他叫出女儿来，提起水桶，泼灭了炉灶。他打整好小车，推到了街上来。很多人来劝说，老头儿说什么也不回去。

两位老朋友的决裂，村里人都说不出那真正的道理。在四儿和九儿那经历较少的身世里，也还没有体验过这样伤心的事情。傅老刚是感到十分痛苦的，他把四儿叫到一边说："孩子，你看，这到底是怨谁呢？"

"这样正好。"四儿说，"你给我们解决了难题。"

"什么难题？"傅老刚问，"你这小子倒要看我们两个老头子的哈哈笑吗？"

"我们青年要组织一个钻井队。"四儿说，"在今年冬天，把我们村里能利用的水井都钻好下管。我们已经借到一杆锥。很多工具需要修理，我们想请你帮忙，又怕我爹不让。这样一闹，你就可以去帮助我们了。"

"你们有钢有铁？"傅老刚问。

"我们每人捐献一些，就够用了。"四儿说，"我们把小车，拉到青年团办公的大院里去吧。"

到了那里，青年们对老人说："大伯，我们是多么需要你呀！你再不要回山东老家。我们和村干部商量好了，把这院里的东屋给你拾掇出来，把窗子糊好。你就在这里常住吧，晚上我们抱柴来给你烧炕。"

十三

黎老东一个人呆呆地坐在院里一截木头上。当傅老刚决绝地推车出门的时候，他心里也曾经想：这样的交情，断绝了也好。你晒不了我黎老东的干儿，剩下的活，我会找别人来帮助，天下又不是只有一个铁匠。他拿起斧头来，气愤地锤击着车尾板上的大钉。但是，当他渐渐平静下来，听到只有他的斧头声音，在空旷的院落里回响，失去了亲切的钢铁的伴奏的时候，他忽然不能工作了，把斧头放在一边，坐了下来。他想，同傅老刚的交情，不是一年两年建立起来的，而且经过多次患难的考验。他用手抚摸着左边这一只脚。有一年，他同傅老刚给一家做活，他心情不好，一时失手，这只脚被锛砍伤了。那时离家在外，举目无亲，手里没有多少钱。在自己养伤的几个月的时间里，是傅老刚请医生，花药钱，背出背进，给水给饭。当然，这也报答过他了。同一年热天，傅老刚被热铁烫伤，自己曾经服侍了他。

他难过的是，究竟为了什么，傅老刚这样决绝？是他看我过得好些了，心里嫉恨？但想来想去，傅老刚从来也不是这样的人。是我变得嫌贫爱富，慢待了多年的朋友？他回忆着在这一段日子里，自己的言谈举动，他的痛苦就被惭愧的心情搅扰，变得更加沉重了。

这时六儿走了进来。黎老东抬头望着自己的儿子，在儿子的身上脸上，只能看见一层不成材的灰败的气象。他一时想到：自己这两年，一心要打车，要盖房，得罪亲友，都为的是他！而这个孩子，只知道自己玩乐，从来也没有想想当父亲的心情。

"做熟饭了，爹？"六儿站在窗台下太阳地里，懒洋洋地问。

"做熟了，就等你了！"老头儿跳了起来，抢着斧子赶过去。

六儿眼快，回头就跑。他刚才在街上又和杨卯儿争吵了一次，杨卯儿知道了那只雄鸽的死亡，要找黎老东来说理。六儿在门口碰上他，向他作个揖说："卯儿哥，咱们的事儿别闹了。你快去劝劝我爹，他要打死我哩。"

杨卯儿生来禁不住别人半点奉承，一句好话。仓促之间，他把这个委托应承下来，他快步向前，在梢门洞儿里，举起胳膊拦住了黎老东："看在侄儿面上。"杨卯儿说："回家去，有话慢慢说。"

他把黎老东推进院里，给他找了一个坐物，又递给他一支香烟，自己蹲在一边，慢慢劝说着："快把车装制起来，别错过这个冬季，正是赚好钱的时候哇！你看见黎七儿了，一趟定州就是几十万，除去人吃马喂，三趟就可以盖座大砖房。老东叔，西村有座砖房要卖，价钱公道，你倒是有意思没有？"

"没有意思。"黎老东说，"我的心凉了。"

"谁家的老人也都是这样。"杨卯儿说，"最恨小人儿不争气。我爹活着时，你们交情好，是知道的，管我管得多么紧？在我身上费了多大力？我当然不能说给他老人家挣来了多少光荣，平心而论，一辈子也没有给他老人家丢过什么脸面哪！咱是个正直人，从小儿走南闯北，打抱不平，为朋友两肋插刀，花钱从不分你我。到老来没落下什么，不是我不能干，是命里穷苦。六儿兄弟，我看不错，为人聪明懂事，就是荒唐点儿，这也是年轻人必经之路，你快把车打整起来，交给他，一有正经事儿，他也就不胡跑了，你说是不是？”

黎老东的气渐渐消了，杨卯儿又把他引到原来的思路上。这时四儿回来了，他一声不言语，到屋里给牲口筛了些草，手里提着一件什么东西，叫棉袍掩盖着，躲躲闪闪地又要出去。

“你手里提的什么？”黎老东问。

“一把破铁锹。”四儿只好站住，把东西亮出来。

“哪里来的这个？我这些日子到处找烂铁，你怎么不言语？”黎老东又挂了火。

“这是那年拆日本炮楼，我捡来的，因为没有用，就扔在一边了。”四儿说，“现在上级号召打井，我想去修理修理它。”

“他妈的，整个儿的六国反叛！”黎老东说着站起来，“从哪里拿的，还给我放回哪里去。上级号召打井，我号召打车！人家不给我干了，你快去做饭，吃饱了帮我上钉子！”

杨卯儿又赶过来劝解，四儿只好先去抱柴做饭，再慢慢想法把铁锹运出去。

十四

九儿所想的，吸收六儿参加学习或是参加工作，都是很困难的事。他轻易不接近这些集会和活动。干部去找他，他会说现在是生产第一，装模作样地背上一副柴火筐，溜溜达达到地里去了。干部们也曾讨论先从改造小满儿入手。接近小满儿是容易的，但男青年们不愿意去，有的是胆怯，有的是避嫌疑。当然，女同志们也可以和她去谈。女同志去了，小满儿总是热情地招待着，如果抱着小孩儿，她总得给孩子弄些好吃的东西来，并且要接到怀里，不停地在孩子的脸上亲亲吻吻。任何认生或是任性的孩子，到了小满儿的怀里，也会高兴起来的，孩子的脸也会叫她的充满青春热情的面孔，陪衬得更为出色。她会说，说笑起来，嘴上像撩上油儿似的。在这种场合，女同志们都是有些喜欢她，在批评上，那口气就自然软和多了。

"小满儿，像你这样聪明伶俐的人，好好学习学习吧；晚上，我来叫你，我们一块儿到民校听课去。"女同志热心地说服着。

"那很好，"小满儿笑着说，"我愿意去学习呢。不用大姐来叫，黑灯瞎火，道路又不好走，你抱着个孩子，跌倒怎么办？我自己去吧，这个村子，街道都叫我磨平了，谁家我不认识呀！"

"你可一定去。"女同志又叮咛一句。

"一定。"小满儿把她送到门口，又和孩子招手要笑着。等到女同志一拐弯儿，她把脸一沉，想了想，到家里换上件衣服，就进城回娘家去了。如果村里有什么运动，连续开会，她会几天几夜不露面儿。有时，她也到民校晃晃。她总是坐在灯光不亮的地方，在讲课刚开始，人们安静不下来的时候，她装作安静地听讲。当人们渐渐入神的时候，她就偷偷溜出来了。

无论在娘家或是在姐姐家，她好一个人绕到村外去。夜晚，对于她，像对于那些喜欢在夜晚出来活动的飞禽走兽一样。炎夏的夜晚，她像萤火虫儿一样四处飘荡着，难以抑制那时时腾起的幻想和冲动。她拖着沉醉的身子在村庄的围墙外面，在离村很远的沙岗上的丛林里徘徊着。在夜里，她的胆子变得很大，常常有到沙岗上来觅食的狐狸，在她身边跑过，常常有小虫子扑到她的脸上，爬到她的身上，她还是很喜欢地坐在那里，叫凉风吹拂着，叫身子下面的热沙熨帖着。在冬天，狂暴的风，鼓舞着她的奔流的感情，雪片飘落在她的脸上，就像是飘落在烧热烧红的铁片上。

每天，她在夜深人静的时候，才回到家里去。她熟练敏捷地绕过围墙，跳过篱笆，使门窗没有一点儿响动，不惊动家里任何人，回到自己炕上。天明了，她很早就起来，精神饱满地去抱柴做饭，不误工作。她的青春是无限的，抛费着这样宝贵的年华，她在危险的崖岸上回荡着。

而且，她的才能是多方面的，谁都相信，如果是种植在适当的土壤里，她可以结下丰盛的果实。不管多么复杂的花布，多么新鲜的鞋样，她从来一看就会，织做起来又快又好。她的聪明，像春天的薄冰，薄薄的窗纸，一指点就透。高兴的时候，她到菜园里生产，浇起园来，可以和最壮实的小伙子竞赛，一个早晨把井水浇干。她可以担八十斤的豆角儿走出十里去上市。在这个时候，连村里一些老年人，都称赞她，希望有一种力量，能把她引到人生的正轨上来。今年，村里宣传婚姻法的时候，这女孩子忽然积极起来。她自动地到会，请人读报给她听，正正经经地沉默着，思想着。在那些文件上说明：女人和男人是平等的，她们已经做了很多工作，将来还会对国家有更大更多的贡献。但后来听到有些人，想把问题引到检查村里的男女关系，她就退了出来，恢复了自己的放荡的生活方式。因此，副村长向青年们提议，把那位高级干部带到黎大傻的家里。

这一天，她的母亲来了。这是一位到了五十多岁年纪，还在热心打扮的女人。可以看出在探看女儿的这次行动上，她曾经在头面上做了很细致的准备。她见到小满儿，就说："满儿，你男人快回来了，你婆婆找到咱家去，眼下就过年，你该到人家那里去住些时候了。"

"我不去。"小满儿说，"婚姻是你和姐姐包办的，你们应该包办到底，男人既然要回来，你们就快拾掇拾掇上车走吧。"

"你他妈的说的这是什么话？"母亲说，"你在这村里疯跑，人家有闲话哩！"

"既是闲话，"小满儿坐在炕沿上低着头整理着鞋袜说，"我管它干什么，叫他们吃了饭没事，瞎嚼去吧！"

"名声不好听哩，"母亲拍着巴掌，"我的小祖宗。"

"名声不好听，"小满儿跳下炕来对着镜子梳理着头发，直眉立眼地说，"也不是从我开始，是你们留给我的好榜样啊！"

她这样和母亲冲突，使得姐姐也不高兴了，姐姐说："小满儿，你不要胡说八道，谁给你留下的榜样？你够得上当我的徒弟吗？看你和小六儿，恋了一冬天，连条新棉裤也穿不上，还有脸犟嘴哩！"

"你先去挣一条来给我穿吧！"小满儿打整好，一摔门帘出去了。

她一个人走到她姐姐家的菜园子里，这个菜园子紧靠村西的大沙岗，因为黎大傻一家人懒惰，年久失修，那沙岗已经侵占了菜园的一半，园子里有一棵小桃树，也叫流沙压得弯弯地倒在地上。小满儿用手刨了刨沙土，叫小桃树直起腰来，然后找了些干草，把树身包裹起来。她在沙岗的避风处坐了下来，有一只大公鸡在沙岗上高声啼叫，干枯的白杨叶子，落到她的怀里。她忽然觉得很难过，一个人掩着脸，啼哭起来。在这一时刻，她了解自己，可怜自己，也痛恨自己。她明白自己的身世：她是没有亲人的，她是要自己走路的。过去的路，是走错了吧？她开始回味着人们对她的批评和劝告。

十五

她看见姐姐送着母亲走出村来，她才绕道儿回到家里去。到家里，看见黎大傻正帮着一个干部收拾屋子，小满儿惊奇了，她知道姐姐家因为落后、肮脏和名声不好，是从来没住过干部的。他们收拾的是东房的里间，这间屋里堆着一些乱七八糟的东西，外间，喂着一匹很小的毛驴。

她看见姐夫在这位干部面前，表现了很大的敬畏和不安，他好像不明白为什么村干部忽然领了这样一位上级来在他的家里下榻。他不断向干部请示，手足不知所措地搬运着东西。

小满儿看来，这位干部的穿着和举止，都和他要住的这间屋子不相称。从他的服装看来，至少是从保定下来的。他对清洁卫生要求很严格，自己弯腰搜索着扫除那万年没人动过的地方。小满儿不知道为什么忽然愿意帮帮他的忙，她用自己的花洗脸盆打来水，用手在那尘土飞扬的地上泼洒。

"你是这家的什么人？"那位干部直起身来问。

"她是我的小姨子。"黎大傻站在一边有些得意又有些害怕地说。

"啊，你就是小满同志。"干部注视着她说，"村干部刚才向我介绍过了。"

"他们怎样介绍我？"小满儿低头扫着地问。

"简单的介绍，还不能全面地说明一个人。"干部说，"我住在这里，我们就成了一家人，慢慢会互相了解的。"

干部在炕上铺好行李，小满儿抱来茅柴，把锅台扫净，把锅刷好，然后添上水，说："这屋里长年不住人，很冷。我给你烧烧炕吧。"

"我来烧。"黎大傻站在她身边说。

小满儿没有理他。她把水烧热了，淘在洗脸盆里，又到北屋里取来自己的胰子，送进里间："洗脸，你自己带着毛巾吧？"

晚上，干部出去开会，回来已经夜深了，进屋看见，小小的擦抹得很干净的炕桌上面，放着灌得满满的一个热水瓶；一盏洋油灯，罩子擦得很亮，捻小了灯头。摸了摸炕，也很暖和。

他听见北屋的房门在响。黎大傻的老婆，掩着怀走进屋来。她说："同志，以后出去开会，要早些回来才好。我们家的门子向来严紧，给你留着门儿，我不敢放心睡觉。"

说完，就用力带上门子走了。

干部利用小桌和油灯，在本子上记了些什么。他正要安排着睡觉，小满儿没有一点儿响动地来到屋里。她头上箍着一块新花毛巾，一朵大牡丹花正罩在她的前额上。在灯光下，她的脸色有些苍白，她好像很疲乏，靠着隔山墙坐在炕沿上，笑着说："同志，倒给我一碗水。"

"这样晚，你还没有睡？"干部倒了一碗水递过去说。

"没有。"小满儿笑着说，"我想问问你，你是做什么工作的？是领导生产的吗？"

"我是来了解人的。"干部说。

"这很新鲜。"小满儿笑着说，"领导生产的干部，到村里来，整年像走马灯一样。他们只看谷子和麦子的产量，你要看些什么呢？"

干部笑了笑没有讲话。他望着这个青年女人，在这样夜深人静，男女相处，普通人会引为重大嫌疑的时候，她的脸上的表情是纯洁的，眼睛是天真的，在她的身上看不出一点儿邪恶。他想：了解一个人是困难的，至少现在，他就不能完全猜出这个女人的心情。

"喝完水去睡觉吧！"他说，"你姐姐还在等你哩。"

"他们早吹灯睡了。"小满儿说，"我很累，你这炕头儿上暖和，我要多坐一会儿。"

干部拿起一张报纸，在灯下阅读着。他不知道，这个女人是像村里人所说的那样，随随便便，不顾羞耻，用一种手段在他面前讨好，避免批评呢？还是出于幼年好奇和乐于帮助别人的无私的心。

"你来了解人，"小满儿托着水碗说，"怎么不到那些积极分子和模范们的家里，反倒来这样一个混乱地方？"

"怎样混乱？"干部问。

"你住在这里，就像在粮堆草垛旁边安上了一只夹子，那些鸟儿们都飞开，不敢到这里来吃食儿了。"小满儿说，"平日这里可没有这样安静。平日，每到晚上，我姐姐的屋里，是挤倒屋子压塌炕的。"

"这样说，是我妨碍了你们的生活。"干部说，"明天我搬家吧。"

"随便。"小满儿说，"我不是杨卯儿，并没有撵你的意思。我是说，你了解人不能像看画儿一样，只是坐在这里。短时间也是不行的。有些人，他们可以装扮起来，可以在你的面前说得很好听；有些人，他就什么也可以不讲，听候你主观的判断。"

她先是声音颤抖着，忍着眼泪，终于抽咽着，哭了起来，泪珠接连落在她的袄襟上。

干部惊异地放下报纸。但是小满儿再也没讲什么，扯下毛巾擦干了眼泪，稳重地放下水碗，转身走了。

整个夜里，黎大傻并不来给小毛驴添草，小毛驴饿了，号叫着，踢着墙角，啃着槽帮。耗子们不知是因为屋里暖和了还是因为添了新的客人，也活动起来，在箱子上，桌面上，炕头和窗台上吱叫着游行。

干部长久失眠。醒来的时候，天还很早，小满儿跑了进来。她好像正在洗脸，只穿一件红毛线衣，挽着领子和袖口，脸上脖子上都带着水珠，她俯着身子在干部头顶翻腾着，她的胸部时时摩贴在干部的脸上，一阵阵发散着温暖的香气。然后抓起她那胰子盒儿跑出去了。

十六

铁匠炉在新的场所生起来。

"这回，我要当掌作的。"九儿对青年们说，"我们是青年钻井队嘛！"

"拥护你。"青年们说，"我们轮流抢大锤、拉风箱，叫大伯站在一边指点着就行。"

青年们捐献来的钢铁是零碎的、破旧的，它们曾经多年埋没在角落里、泥土里，现在要经过锻炼，铸接在一起，形成一杆尖利的，能钻探地下，引出泉水来的铁钻钢锥。在青年们看来，这就像要把他们各人的高涨的热情，铸炼成一股共同建设国家的力量一样。

九儿的脸，被炉火烘照着，手里的小锤，叮当地响在铁砧上。这声音，听来是熟悉的。因为，她已经不是初次接触这种沉重的劳动了。在她的幼年，她就曾经帮助父亲，为无数的战士们的马匹，打制过铁掌和嚼环。现在，当这清脆的锤声，又在她的耳边响起的时候，她可以联想：在她的童年，在战争的岁月里，在平原纵横的道路上，响起的大队战马的铿锵的蹄声里，也曾经包含着一个少女最初向国家献出的金石一般的忠贞的心意！

当然，她可以想到更早一些的日子，她可以用今天的工作来纪念她那贫苦终生、中年丧命的母亲。当母亲生下她来，把她放在炉边的一铺小炕上，她就昼夜听到这种劳动的声响了，母亲站在风箱前面，给她哼着催眠歌曲。或者说，当她还同母亲是一个躯体的时候，母亲就带着她从事这种沉重的工作了。

现在，热汗在严寒的早晨，透过了她单薄的衣服。这种同自己的伙伴们在一起，按照集体讨论的计划来工作，对她来说，还是第一次。这些青年伙伴们，在工作面前是争着做，抢着做的，是互相关怀和协同动作的。因此，九儿感到特别振奋和新鲜。据她看来，父亲也是振奋的，在他那漫长的劳苦和跋涉的一生里，现在的工作场景是做梦也不曾梦见过的呀！

当青年们在田野里工作的时候，平原上已经降过了初雪。中午，雪在附近的沙岗上闪烁着，慢慢融化着。在普遍秋耕过的土地上，泛起一层潮湿的松土。但是天气已经大冷了，大地在早上和晚上都要封冻。

青年钻井队的高大的滑车，在平原上接二连三地树立起来了。它们给漠漠的平原，添上了一种新的使人向往并能诱发幻想的景色。它们使人想起飘扬的旗帜，使人想起外国故事里的风车，使人想起车站的水塔，矿山的竖井，都市里高大建筑的木架。青年人为开发水源，勤奋地工作着，他们的歌声和空中的滑车一同旋转飞扬着。

四儿、锅灶和九儿是一个小组，他们带来些干粮、小米，中午从坟地里砍些蒿草，捡些树枝，在井边烧起饭来。

"你是知道的，"四儿对九儿说，"我们这里是平原，可是村子的三面，都叫沙岗包围起来了。西边这条沙岗，从山地流过来，它的流沙比河水泛滥还厉害。每到春天，整天刮着遮天盖地的黄风，黄沙会滚滚地跳过墙头篱笆，灌到地里来，灌到菜园子里来。黄沙盖住刚出土的蒜苗、韭菜芽，封住麦垄，埋住小树。每年春季，大风过后，我们就不得不到地里去用笤帚扫，甚至伏在地下用口吹，使得那被沙子压得发弯发白的嫩芽，重见天日。大风把沙子灌进街里，使人像在河滩走路，一陷多深。沙子灌进房门，打破窗户，妇女们每天要从屋里打扫出几簸箕沙土来。这就是我们的自然环境。上级号召打井栽树，是最适合我们这一带的情况不过了。"

"我们那里是山地，"九儿说，"也是荒旱连年。从我记事起，每年春天，干热的风沙就从西北山谷里吹过来，拼命吹打我们的小屋。我们门前有一条小河，冬天，水还在冰下哗哗地叫，到春天就干得没有了。我们那里，到春天靠糠皮树叶过日子。"

他们交谈着，向往着，如果能从他们这一代，改变了自然环境，改变了人们长久走过的苦难的路程，使庄稼丰收，树木成林，泉水涌注，水渠纵横，那对他们是太幸福了。

这时，在南面沙岗上出现了一幅和他们的谈话非常不相称的景象。六儿右胳膊上架着一只秃鹰，第一个走上沙岗来。随后而来的是黎大傻和他的老婆，夫妇两个每人手里提着一只死兔子，像侍卫一样，一左一右，站在了六儿的身旁，向远处张望着、指点着。而在沙岗背后，像隐约的桃枝一样，出现了小满儿的光耀的头面。

"老四，你弟弟越发不简单，玩起鹰来了。"锅灶说。

"这些人的事，咱弄不清。"四儿说，"和杨卯儿为鸽子吵了架，仇大得不得了。经黎七儿把三个人拉到城里吃了一顿饭，两个人又成了好朋友，把鹰借给六儿了。"

"怎么是三个人呢?"锅灶问。

"小满儿也去了。"四儿说，"那是他们的主心骨，组织中心，行动的指南。离了她是不行的。我还听到一个故事，杨卯儿现在成了黎大傻包子房的老主顾，每天晚上都要吃饱的。黎大傻的老婆对他说：卯儿哥，你只吃得好、穿得好，还不能算是完全翻了身，我要给你介绍一个对象，可是你得请请我。这样，杨卯儿就在城里请了她一次。"

"你能把他叫过来帮我们锥井吗?"锅灶撺掇着。

四儿正在犹豫的时候，那一队人马，早已经从沙岗上退回，折向相反方向，望不见了。

人们惯于把偶然的见闻当作笑谈，并不注意，在当事人的心里，却像千斤石一样沉重。九儿坐在那里，望着空漠的沙岗出神。她继续回忆着幼年时的家乡的影子。在母亲去世以后，她常常一个人坐在小窗的前面。窗外有一棵枣树，因为避风向阳，常常有些小鸟儿在枝头来聚会。鸟儿们玩起来，显得非常亲密。那站在一起，叽叽喳喳的也许就是最亲密的吧，不久，有一只跳到了别的枝头。遇到一阵风，它们竟各自飞散了。门前还有一片小小的苇塘，河水小的时候，那些小鱼儿们聚在一起，环绕着一枝水草，到了夏天河水涨满，谁也不知道它们各自的前程如何！

这些回忆是使人难堪的，容易疲倦的。她站立起来说："吃饱喝足了，我们开始工作吧，我来蹬一会儿滑车。"

"小心掉在井里呀！"锅灶笑着说，"你们猜我在想什么？我想六儿的包子不能吃了，净是兔子肉！"

九儿上到滑车上，用力蹬着，像一个勤奋的小昆虫在清晨和黄昏的时候工作。滑车滚动着，四儿从井底望着她，一时感到这是一个奇异的动人的少女图像。

她的工作越来越熟练从容，太阳从她的前方，慢慢向西移动。她可以看得很远，可以看到县城南关药王庙前面的两根高矗的旗杆。可以望见旷野里送粪的，捡柴的，放牧牛羊的和整理园地的人。她看见六儿正和小满儿在田野里追逐，听到黎大傻和他老婆的喊叫声音。

在下面工作的锅灶和四儿，也在谈论这件事。

"老四，你的理论水平高，你给我解释，我们在这里受累受冷地工作，你的老弟在那里带着女人玩耍。在人生这条道路上，是我们走对了哩，还是他们走对了？"锅灶冲着井底喊叫着。

"你提出的这个问题很重要，这是个人生观的问题。"从井里冒出四儿的声音，"你羡慕他们的生活吗？"

"有时候觉得他们讨厌，有时候，也有点儿羡慕。"锅灶说。

"在他们看来，一定是他们走对了。但是，我一点儿也不羡慕他们。"四儿说，"他们这样生活，有时候，自己也会感到羞耻的，不然，为什么望见我们就躲开了呢？"

"可是，还有一个老问题，他为什么一直不能改变过来呢？"锅灶说。

"这两天，我又把这个问题想了一下，"四儿说，"只凭我们几个人的力量去改造人，是不容易收到效果的。人怎样才能觉悟呢，学习是重要的，个人经历也是重要的，但更重要的是社会的影响。我有这样一个比方，六儿的心，就像我们正在改造的旱地。我们工作得好，可以在这块地上开发出水泉，使它有收成，甚至变成丰产地；可是，四外的黄风流沙，也还可以把它封闭，把它埋没，使它永远荒废，寸草不长。我们要在社会上，加强积极的影响。这就是扩大水浇地，缩小旱地；开发水源，一直到消灭风沙。"

"是的，这是可能的。"九儿在滑车上想，她蹬着，一斗子一斗子的淤沙积泥，从井底提上来，她望望井底，新的清澈的水，开始翻冒出来。但是爱情呢？她严肃地思考：它的结合，和童年的伴侣，并不一样。只有在共同的革命目标上，在长期协同的辛勤工作里结合起来的爱情，才能经受得起人生历程的万水千山的考验，才能真正巩固和永久吧。当然，爱情，可以在庄严的工作里形成，也可以在童年式的嬉笑里形成。那分别就像有的花可以开在风平浪静的水面上，有的花却可以开在山顶的岩石上，它深深地坚韧地扎根在土壤里，忍耐得过干旱，并经受得起风雨。

十七

那位干部当然不是专为了解人们的生活，才跑到乡下来的。他也抱着一种多年工作积累的热情，愿意帮助一个人。他希望小满儿能在他帮助下，有所改变。他并且想到，只有在学习和工作里，小满儿才能改变。这当然是很困难的，因为他明白，他还没有真正了解她。

这天晚上，就是当小满儿行围射猎胜利归来的时候，干部站在院里。黎大傻家是个破大院，西北角破围墙下面，有一个荒废的白菜窖，旁边有一棵半死的老榆树，这棵树长得十分丑陋，它的头顶干枯，树身破裂歪斜，一枝早可以拉下来做柴烧的大横干，垂到邻舍的院里，成了邻家的鸡窠，有几只鸡已经飞到上面，准备过夜了。

小满儿回到家来，一点儿也没有带着在野地里奔跑、狂欢、疲累的痕迹。她是在姐姐和姐夫回家以后才回来的，姐夫和姐姐，提回来一只死兔子，两个人浑身是土，疲惫不堪，而小满儿好像在进门之前就做了准备，她的身上整齐干净，头发也梳理过了，她用那惯常的轻捷悠闲的步伐，走过干部的面前。

"小满同志，"干部叫住她，"你吃过饭有事情吗？"

"没事，我是个大贤（闲）人。"小满儿笑着说，"干什么吧？"

"今天晚上，青年团员们学习，你也去听听吧。"

"人家叫我听吗？"小满儿狡猾地笑着，"我这个落后分子！"

"当然可以听，你先做饭，回头我们一块儿去。"干部说。

小满儿点点头，没有说什么。但是干部可以从她扭转过去的脸上看出，她是如何的不高兴。她抱柴做饭，坐在灶前烧火，不住地用眼角瞥着，干部一直站在门口。

"同志，你不出去吃饭吗？"小满儿说。

"你多添点米，"干部笑着，"我在你家吃一顿吧。"

"我们家的饭不好，"小满儿说，"你吃不下。"

"不好也一样给粮票。"干部说。他在院里一直站到小满儿把饭做熟。

小满儿这一顿饭，磨磨蹭蹭，费了有做两顿饭的工夫。她几次想从家里跑出去，但凭她的聪明，她知道干部正是防备她逃跑，才在那里监视她，她并且了解到这是一种好意，她装作十分安静地同干部吃了晚饭。

这一顿饭，她的姐夫蹲在外间没进屋，她的姐姐不明白这个干部和小满儿之间，发生了什么问题，也一直在避讳着什么，没有讲话。

吃过晚饭，天已经很黑了。小满儿从被动转为主动，首先放下饭碗说："同志，我们走吧。"

走出大门来，小满儿跑在前面，手里拿着一个小手电。

"你有这个家当。"干部说，"太好了。"

"我给你带路，"小满儿说，"我们从村外走吧，可以近一些。"

她从小胡同里往北转到村外来，因为她走得太快，那个手电的光亮太小，加上一闪一晃，干部跟在后面，反而什么也看不见了，只感到脚下绊绊磕磕。

小满儿飞快地跳过一个矮沙岗，贴着寨墙里面往东走，这一带都是软沙，有很多刨了树的大坑，干部深一脚，浅一脚，跌跌撞撞，只好慢走，以便脱离她的领导，并避免了她那手电的扰乱。

"走快点儿啊!"小满儿说，"人家一定上课了，我们不要迟到。"

"你带的这是什么路?"干部半开玩笑地说，"这不是正路。"

"什么是正路?"小满儿说，"只要抄近路就好。小心，这里有一眼井，你可千万别掉下去。"

干部小心地扶住辘轳架，从井边沿过去，然后是一陡坡，小满儿跳了下去，干部差不多是滑了下去。

"小心，篱笆。"小满儿侧着身子从荆棘之间闪过去，荆棘挂住了干部的衣服。

"给你吧。"小满儿回头把手电交给干部。她仍然在前面走着，从堆着很多破砖乱瓦的道路上，走进了一座大庙的后门。这座大庙，干部是参观过了的，当他们在大殿中间走过时，干部用手电照了照那站在两旁的，歪歪斜斜，缺胳膊少腿或是失去了眼珠的罗汉们，小满儿毫不在意地走过去，她的脚步放慢了。她说："同志，你没有赶过四月初八的庙会吧？这个庙会太热闹了。那时候，小麦长得有半人高，各地来的老太太们坐在庙里念佛，她们带来的那些姑娘们，却叫村里的小伙子们勾引到村外边的麦地里去了。半夜的时候，你到地里去走一趟吧，那些小伙子和姑娘们就会像鸟儿一样，一对儿一对儿地从麦垄里飞出来，好玩极了。"

"那有什么好玩的？"干部说。

"我也是听人说的，"小满儿说，"那么热闹的时候，我并没有赶上。抗日的时候，这村的游击队很英勇，他们站到第三层大殿上，有的就坐在神像的头顶上，放哨和阻击向这里扫荡的敌人。庙里的尼姑替他们搬运子弹，现在她们都还俗了，有一个最年轻最漂亮的，是副村长的儿媳妇。"

"这些抗日的故事很好。"干部说。

"那么，"小满儿停下来，转回身说，"我们不要去开会了，回到家里去，我给你讲一晚上故事吧！"

干部摇了摇头。

"他们不会斗争我吧？"走出大殿，小满儿小声问。

"绝对不会的。"干部说，"你想到哪里去了？"

"有一个尼姑，曾经吊死在这里。"小满儿指着大殿前面的一棵大树说，"因为恋爱不自由。活着的时候，我见过她，她会吹笙，长得也很好。"

干部没有说话，有一阵风扫过树尖和屋顶。

"我害怕。"小满儿忽然转回身来，几乎扑到干部的怀里，她的声音颤抖着，干部听到她的牙齿发出嘚嘚的打击声音，他扶住她，用手电一照，她的脸色苍白，眼睛往上翻着。她说着听不明白的话，眼里流出泪来。

"怎么回事？"干部慌了手脚。

"我看见了她，我看见了她！"小满儿大声喊叫。

"歇斯底里！"干部心里说，"没想到她有这种病症！"

听到喊声，第一个从街上跑到大庙里来的是六儿，他给杨卯儿送了一只兔子去，回来路过这里。直到六儿进来，干部才感觉到，他现在的处境，很容易引起别人的怀疑。在这样黑的夜晚，在这样荒无人烟的地方，在他的身边，一个女人发生了这种情景。他向六儿说明他同小满儿来到这里的经过。

"你救救我！你背我回家去！"小满儿听到六儿说话，发出了这样的呻吟。

"好，"干部说，"你帮忙背背她吧，你知道她的住处吗？"

"知道。"六儿说着蹲下来，拉起小满儿的两只手，放到肩上。小满儿仍然在哭泣，眼泪滴在六儿的脖子上。走到街上，她安静了，她噘起嘴来轻轻地无声地吹着六儿的脖子后面。起初，六儿也有些害怕，但等到她偷偷地把嘴唇伸到他的脸上，热烈地吻着的时候，六儿才知道她并没有发生什么意外。

十八

六儿出车，黎老东看成是一件头等隆重的事件。自从把车打成，他运用毕生的工作经验，使油漆在冬季提前干好。晚上，他特备了酒菜，把黎七儿请来，对他说："七兄弟，我把六儿和这辆新车交给你，你要好好带动他，把你半辈子跑车的经验教给他，叫他在正道上走，不要翻车跌跤。"

黎七儿一口答应，并且说："不用大哥挂念，我不能眼看着叫他吃亏。我们这次打算到石门，大叔，你看拉些什么货物回来？"

"自然是拉什么利大，就拉什么。"黎老东说，"你看着吧。可是，因为是新打的车，头一趟可不要拉煤。"

"可是，"黎七儿笑着说，"冬季还就是拉煤利钱大。到那里看吧，要不就装点儿杂货。"

酒喝到半醉的时候，黎老东又向黎七儿说了这些话："七兄弟，我知道，在土改的那段日子里，你和我们有些隔膜。可是，我一直并不认为你是一个富农，我一直评你是个上中农。你爷爷，你父亲那两辈，当然是富农。可是自从你弟兄们分了家，你主要是跑车，雇人不多，要评成富农，我觉得有点儿够不上，要说是中农，好像又冒点儿尖儿，当时的争论，就在这上面。"

"过去的事情了，"黎七儿说，"当时，我就是心疼我那匹骡子。后来，我变卖些东西，又把它买回来了。咱成分不好，就不愿在村里见人。现在跑着车，我的生活，你看见了，也还过得去。坦白地说，人只要有能力和办法，不种园子地，也能吃香喝辣！我不省着细着。平日在家，你知道，黎大傻家卖什么我吃什么。出门打尖下店，不是焖饼就是炸酱面；出店上车，整瓶子好酒在怀里一掖，什么时候想喝了，就低头来一口。"

"我就是佩服你。"黎老东说，"那些别的户都倒下了，就是你站起来得快。"

黎七儿走了以后，黎老东几次起来喂牲口。鸡叫头遍，他就叫醒六儿，装好草料。套车时，他帮着摆正辕鞍，结好肚带，抹足车油。天不明吃了早饭，六儿把车赶到街上来。早起站在街上的人，都称赞这辆新车。黎老东在车的前面倒着走，有时用脚填平道辙，不断地指挥着六儿。

出村，黎七儿的双套大车，赶在前面。杨卯儿要到石门去办年货，坐在他的车上。出了寨墙口，黎七儿摇动鞭子，把车轰开，跟着跑了几步，然后一蹿身，坐了上去。他回头望望六儿，六儿也照黎七儿的样子蹿上了车。黎老东在村边望着，望着六儿的车转过大沙岗，才转回身来。

在十字街口，村长拦住了他，和他说了希望他加入合作社的事。为了打破他的顾虑，村长还热心地向他介绍了别的村庄办社，对于牲口车辆的折价办法。这些话，黎老东好像全然没有听进去，他往家里走，从别人看来，他那一直兴奋得意的步伐，忽然变得焦躁和不安了。

车辆转过大沙岗，突然停下来。小满儿怀里抱着一个小包裹，坐在一棵老杨树下面等候着。她站起来，爬到六儿的车上去了。

然后，黎七儿大声说笑着，摇动长鞭。两辆大车的后面，扬起了滚滚的尘土。

十九

每天，九儿回到家里，傅老刚已经做好了饭。知道女儿做的是重活，老人还是按照打铁时的习惯，做小米干饭。每天，父女两个坐在里间炕上，守着一盏小煤油灯吃着晚饭。

这两天，父亲注意到女儿很少说话，他以为她是太疲累了。他说："今天，有几个互助组，给我们拿来一些工钱，这些日子，我帮他们拾掇了一些零碎活儿。我不要，他们说我们出门在外，又没有园子地里的收成，只凭着手艺生活，一定要我收下。我想眼下就要过年了，你也该添些衣裳。"

"不添也可以。"女儿低着头说，"过年，我把旧衣裳拆洗拆洗就行了。爹的棉袄太破了，应该换一件。"

"我老了，更不要好看。"父亲说，"村长和我说，他们几个互助组，明年就要合并成合作社。村长愿意我们也加入，说是社里短不了铁匠活儿。我说等你回来商量商量，你帮我想想，是加入好，还是不加入好。"

"我愿意加入。"女儿笑着说，"这是最好不过的事。"

"我也是这么想。"父亲兴奋地说，"当然我们可以回老家去参加。可是，这里的工作更靠前一步，我们和这个村子又有感情，就在这里参加也好。村长还说，他们也希望六儿家参加，那样，社里有铁匠也有木匠，工作方便得多。可是黎老东正迷着赶大车，不乐意参加。这些日子，我总见不到六儿，你见到他了吗？"

女儿没有说话。

"你不舒服吗？"父亲注意地问，"怎么看你吃不下？"

"不。"女儿说，"我只是有点儿累。"

她到外间去收拾锅碗。

"我和黎老东吵翻了。"父亲在里间说，"这只是一人一家的问题，只是两个老头子的问题，算不了什么。你不要把这件事情放在心上。"

"我没有放在心上。"九儿说，"今年冬天，我看着爹的身体不大结实，我希望爹多休息休息。"

"你不要惦记我。"老人笑着说，"我这病到春天就会好起来的。今天晚上不开会，收拾好了，你早点儿睡觉去吧！"

九儿给父亲铺好炕，带上屋门，到女伴们那里去。

今天夜里，天晴得很好，月亮很圆，很明净，九儿在院里停站了一会儿，听了听，父亲在吹灯躺下以后，并没有像往常那样咳嗽。她的心情也明快平静下来，她觉得她现在的心境，无愧于这冬夜的晴空，也无愧于当头的明月。她定睛观望，好像是第一次看清了圆月里那只小兔儿可爱活泼的姿态。

二十

童年哪，你的整个经历，毫无疑问，像航行在春水涨满的河流里的一只小船。回忆起来，人们的心情永远是畅快活泼的。然而，在你那鼓胀的白帆上，就没有经过风雨冲击的痕迹？或是你那昂奋前进的船头，就没有遇到过逆流礁石的阻碍吗？有关你的回忆，就像你的负载一样，有时是轻松的，有时也是沉重的呀！

但是，你的青春的火力是无穷无尽的，你的舵手的经验也越来越丰富了，你正在满有信心地，负载着千斤的重量，奔赴万里的途程！你希望的不应该只是一帆风顺，你希望的是要具备冲破惊涛骇浪、在任何艰难的情况下也不会迷失方向的那一种力量。

《人民文学》1956年第12期

红 豆

宗 璞

　　天气阴沉沉的，雪花成团地飞舞着。本来是荒凉的冬天的世界，铺满了洁白柔软的雪，仿佛显得丰富了，温暖了。江玫手里提着一只小箱子，在×大学的校园中一条弯曲的小道上走着。路旁的假山，还在老地方。紫藤萝架也还是若隐若现地躲在假山背后。还有那被同学们戏称为"阿木林"的枫树林子，这时每株树上都积满了白雪，真是"忽如一夜春风来，千树万树梨花开"了。雪花迎面扑来，江玫觉得又清爽又轻快。她想起六年前，自己走着这条路，离开学校，走上革命的工作岗位时的情景，她那薄薄的嘴唇边，浮出一个微笑。脚下不觉愈走愈快，那以前住过四年的西楼，也愈走愈近了。

　　江玫走进了西楼的大门，放下了手中的箱子，把头上紫红色的围巾解下来，抖着上面的雪花。楼里一点儿声音也没有，静悄悄的。江玫知道这楼已做了单身女教职员宿舍，比从前是学生宿舍时，自然不同。只见那间门房，从前是工友老赵住的地方，门前挂着一个牌子，写着"传达室"三个字。

"有人吗？"江玫环顾着这熟悉的建筑，还是那宽大的楼梯，还是那阴暗的甬道，吊着一盏大灯。只是墙边布告牌上贴着"今晚团员大会"的布告，又是工会基层选举的通知，用红纸写着，显得喜气洋洋的。

"谁呀？"一个苍老的声音从传达室里发出来。传达室的门开了，一个穿着干部服的整洁的老头儿，站在门口。

"老赵！"江玫叫了一声，又高兴又惊奇，跑过去一把抱住了他，"你还在这儿！"

"是江玫？"老赵几乎不相信自己昏花的老眼，揉了揉眼睛，仔细看着江玫，"是江玫！打前儿个总务处就通知我，说党委会新来了个干部，叫给预备一间房，还说这干部还是咱们学校的学生呢，我怎么也没想到是你！你离开学校六年啦，可一点儿没变样，真怪，现时的年轻人，怎么也长不老哇！走！领你上你屋里去，可真凑巧，那就是你当学生时住的那间房！"

老赵絮絮叨叨领着江玫上楼。江玫抚着楼梯栏杆，好像又接触到了六年前的大学生生活。

这间房间还是老样子，只是少了一张床，多了些别的家具。窗外可以看到阿木林，还有阿木林后面的小湖，在那里，夏天时是要长满荷花的。江玫四面看着，眼光落到墙上嵌着的一个耶稣受难像上。那十字架的颜色，显然深了许多。

好像是有一个看不见的拳头，重重地打了江玫一下。江玫觉得一阵头昏，问老赵："这个东西怎么还在这儿？"

"本来说要取下来，破除迷信，好些房间都取下来了。后来又说是艺术品让留着，有几间屋子就留下了。"

"为什么要留下？为什么要留下这一间的？"江玫怔怔地看着那十字架，一歪身坐在还没有铺好的床上。

"那也是凑巧呗！"老赵把桌上的一块破抹布捡在手里，"这屋子我都给收拾好啦，你归置归置，休息休息。我给你张罗点儿开水去。"

老赵走了。江玫站起身来，伸手想去摸那十字架，却又像怕触到使人疼痛的伤口似的，伸出手又缩回手，怔了一会儿，后来才用力一揿耶稣的右手，那十字架好像一扇门一样打开了。墙上露出一个小洞。江玫踮着脚往里看，原来被冷风吹得绯红的脸色唰的一下变得惨白。她低声自语："还在！"遂用两个手指，钳出了一个小小的有象牙托子的黑丝绒盒子。

江玫坐在床边，用发颤的手揭开了盒盖。盒中露出来血点儿似的两粒红豆，镶在一个银丝编成的指环上，没有耀眼的光芒，但是色泽十分匀净而且鲜亮。时间没有给它们留下一点儿痕迹。

江玫知道这里面有多少欢乐和悲哀。她拿起这两粒红豆，往事像一层烟雾从心上升了起来——

那已经是八年前的事了。那时江玫刚二十岁，上大学二年级。那正是一九四八年，那动荡的翻天覆地的一年，那激动、兴奋，流了不少眼泪，决定了人生的道路的一年。

在这一年前，江玫的生活像是山岩间平静的小溪流，一年到头潺潺地流着，很少波浪。她生长于小康之家，父亲做过大学教授，后来做了几年官。在江玫五岁时，有一天，他到办公室去，就再没有回来过。江玫只记得自己被送到舅母家去住了一个月，回家时，看见母亲如画的脸庞消瘦了，眼睛显得惊人的大，看上去至少老了十年。据说父亲是患了急性肠炎去世了。以后，江玫上了小学上中学，上了中学上大学。日寇入侵的那段水深火热的日子，江玫也在母亲的尽力遮蔽下较平静地度过。在中学时，有一些密友常常整夜叽叽喳喳地谈着知心话。上大学后，因为大家都是上课来，下课走，不参加什么活动的人简直连同班同学也不认识，只认识自己的同屋。江玫白天上课弹琴，晚上坐在图书馆看参考书，礼拜六就回家。母亲从摆着夹竹桃的台阶上走下来迎接她，生活就像那粉红色的夹竹桃一样与世隔绝。

一九四八年春天，新年刚过去，新的学期开始了。那也是这样一个下雪天，浓密的雪花安安静静地下着。江玫从练琴室里走出来，哼着刚弹过的调子。那雪花使她感到非常新鲜，她那年轻的心充满了欢乐。她走在两排粉妆玉琢的短松墙之间，简直想去弹动那雪白的树枝，让整个世界都跳起舞来。她伸出了右手，自己马上觉得不好意思，连忙缩了回来，掠了掠鬓发，按了按母亲从箱子底下找出来的一个旧式发卡。发卡是黑白两色发亮的小珠穿成的，还托着两粒红豆，她的新同屋肖素说好看，硬给她戴在头上的。

在这寂静的道路上，一个青年人正急速地向练琴室走来。他身材修长，穿着灰绸长袍，罩着蓝布长衫，半低着头，眼睛看着自己前面三尺的地方，世界对于他，仿佛并不存在。也许是江玫身上活泼的气氛，脸上鲜亮的颜色搅乱了他，他抬起头来看了她一眼。江玫看见他有着一张清秀的象牙色的脸，轮廓分明，长长的眼睛，有一种迷惘的做梦的神气。江玫想，这人虽然抬起头来，但是一定没有看见我。不知为什么，这个念头，使她觉得很遗憾。

晚上，江玫躺在床上，久久不能入睡。许多片段在她脑中闪过。她想着母亲，那和她相依为命的老母亲，这一生欢乐是多么少。好像有什么隐秘的悲哀过早地染白她那一头丰盛的头发。她非常嫌恶那些做官的和有钱的人，江玫也从她那里承袭了一种清高的气息。那与世隔绝的清高，江玫想想，忽然好笑了起来。

江玫自己知道，觉得那种清高好笑是因为想到肖素的缘故。肖素是江玫这一学期的新同屋。同屋不久，可是两人已经成为很要好的朋友。肖素说江玫像是从另一个世界来的，清高这个词儿也是肖素说的，她还说："当然，这有好处也有不好处。"这些，江玫并不完全了解。只不知为什么，乱七八糟的一些片段都在脑海中浮现出来。

这屋子多么空！肖素还不回来。江玫很想看见她那白中透红的胖胖的面孔，她总是给人安慰、知识和力量。学物理的人总是聪明的，而且她已经四年级了，江玫想。但是在肖素身上，好像还不只是学物理和上到大学四年级，她还有着更丰富的东西，江玫还想不出是什么。

正乱想着，肖素推门进来了。

"哦！小鸟儿！还没有睡！"小鸟儿是肖素给江玫起的绰号。

"睡不着。只希望你快点儿回来。"

"为什么睡不着？"肖素带回来一个大萝卜，切了一片给江玫。

"等着吃萝卜，还等着你给讲点儿什么。"江玫望着肖素坦白率真的脸，又想起了母亲。上礼拜她带肖素回家去，母亲真喜欢肖素，要江玫多听肖姐姐的话。

"我会讲什么？你是幼儿园小朋友？要听故事？喏，给你本小书看看。"江玫接过那本小书，书面上写着《方生未死之间》。

两人静静地读起书来。这本书很快就把江玫带进了一个新的天地。它描写着中国人民受的苦难，在血和泪中，大家在为一种新的生活——真正的丰衣足食，真正的自由——奋斗，这种生活，是大家所需要的。

"大家?"江玫把书抱在胸前，沉思起来。江玫的二十年的日子，可以说全是在那粉红色的夹竹桃后面度过的。但她和母亲一样，憎恶权势，憎恶金钱。母亲有时会流着泪说："大家都该过好日子，谁也不该屈死。"母亲的"大家"在这本小书里具体化了。是的，要为了大家。

"肖素，"江玫靠在枕上说，"我这简单的人，有时也曾想过人活着是为了什么，但想不通。你和你的书使我明白了一些道理。"

"你还会明白得更多。"肖素热切地望着她，"你真善良——你让我忘记刚才生的一场气了，刚刚我为我们班上的齐虹发火了——"

"齐虹? 他是谁?"

"就是那个常去弹琴，老像在做梦似的那个齐虹，真是自私自利的人，什么都不能让他关心。"

肖素又拿起书来看了。

江玫也拿起书来，但她觉得那清秀的象牙色的脸，不时在她眼前晃动。

雪不再下了。坚硬的冰已经逐渐变软。江玫身上的黑皮大衣换成了灰呢子的，配上她习惯用的红色的围巾，洋溢着春天的气息。她跟着肖素，生活渐渐忙起来。她参加了"大家唱"歌咏团和"新诗社"。她多么喜欢那"你来我来他来她来大家一齐来唱歌"的热情的声音，她因为《黄河大合唱》刚开始时万马奔腾的鼓声兴奋得透不过气来。她读着艾青、田间的诗，自己也悄悄写着什么"飞翔，飞翔，飞向自由的地方"的句子。"小鸟儿"成了大家对她的爱称。她和肖素也更亲近，每天早上一醒来，先要叫一声"素姐"。

她还是天天去弹琴，天天碰见齐虹，可是从没有说过话。本来总在那短松夹道的路上碰见他，后来常在楼梯上碰见他，后来江玫弹完了琴出来时，总看见他站在楼梯栏杆旁，仿佛站了很久似的，脸上的神气总是那样漠然。

有一天，天气暖洋洋的，微风吹来，丝毫不觉得冷，确实是春天来了。江玫在练琴室里练习贝多芬的《月光曲》，总弹也弹不会，老要出错，心里烦躁起来，没到时间就不弹了。她走出琴室，一眼就看见齐虹站在那里。他的神色非常柔和，劈头就问："怎么不弹了？"

"弹不会。"江玫多少带了几分诧异。

"你大概太注意手指的动作了。不要多想它，只记着调子，自然会弹出来。"

他在钢琴旁边坐下了，冰冷的琴键在他的弹奏下发出了那样柔软热情的声音。换上别的人，脸上一定会带上一种迷醉的表情，可是齐虹神采飞扬，目光清澈，仿佛现实这时才在他眼前打开似的。

"这是怎么样的人？"江玫问着自己，"学物理，弹一手好钢琴，那神色多么奇怪。"

齐虹停住了，站起来，看着倚在琴边的江玫，微微一笑。

"你没有听？"

"不，我听了。"江玫分辩道，"我在想——"想什么，她自己也不知道。

"我送你回去，好吗？"

"你不练琴？"

"不想练。你看天气多么好！"

就这样，他们开始了第一次的散步，就这样，他们散步，散步，看到迎春花染黄了柔软的嫩枝，看到亭亭的荷叶铺满了池塘。他们曾迷失在荷花清远的微香里，也曾迷失在桂花浓酽的甜香里，然后又是雪花飞舞的冬天。哦！那雪花，那阴暗的下雪天！

齐虹送她回去，一路上谈着音乐，齐虹说："我真喜欢贝多芬，他真伟大，丰富，又那样朴实。每一个音符上都充满了诗意。"

江玫懂得他的"诗意"含有一种广义的意思。她的眼睛很快地表露了她这种懂得。

齐虹接着说："你也是喜欢贝多芬的。不是吗？据说肖邦最不喜欢贝多芬，简直不能容忍他的音乐。"

"可我也喜欢肖邦。"江玫说。

"我也喜欢。那甜蜜的忧愁——人和人之间是有很多相同的也有很多不同的东西——"那漠然的表情又出现在他的脸上，"物理和音乐能把我带到一个真正的世界去，科学的、美的世界，不像咱们活着的这个世界，这样空虚，这样紊乱，这样丑恶！"

他送她到西楼，冷淡地点了点头就离开了，根本没有问她的姓名。江玫又一次感到有些遗憾。

晚上，江玫从图书馆里出来，在月光中走回宿舍。身后有一个声音轻轻唤她："江玫！"

"哦！是齐虹。"她回头看见那修长的身影。

"你怎么知道我的名字？"齐虹问。月光照出他脸上热切的神气。

"你怎么知道我的名字？"江玫反问。她觉得自己好像认识齐虹很久了，齐虹的问题可以不必回答。

"我生来就知道。"齐虹轻轻地说。

两人都不再说话。月光把他们的影子投在地上。

以后，江玫出来时，只要是一个人，就总会听到温柔的一声"江玫"。他们愈来愈熟。不知从什么时候起，从图书馆到西楼的路就无限度地延长了。走哇，走哇，总是走不到宿舍。江玫并不追究路为什么这样长，她甚至希望路更长一些，好让她和齐虹无止境地谈着贝多芬和肖邦，谈着苏东坡和李商隐，谈着济慈和勃朗宁。他们都很喜欢苏东坡的那首《江城子》："十年生死两茫茫，不思量，自难忘。千里孤坟，无处话凄凉。"他们幻想着十年的时间会在他们身上留下怎样的痕迹。他们谈时间、空间，也谈论人生的道理——

齐虹说："人活着就是为了自由。自由，这两个字实在好极了。自就是自己，自由就是什么都由自己，自己爱做什么就做什么。这解释好吗？"

他的语气有些像开玩笑，其实他是认真的。

"可是我在书里看见，认识必然才是自由。"江玫那几天正在看《大众哲学》，"人也不能只为自己，一个人怎么活？"

"呀！"齐虹笑道，"我倒忘了，你的同屋就是肖素。"

"我们非常要好。"

因为看到路旁的榆叶梅，齐虹说用"热闹"两字形容这种花最好。江玫很赞赏这两个字，就把自由问题搁下了。

江玫隐约觉得，在某些方面，她和齐虹的看法永远也不会一致。可是她并没有去多想这个，她只喜欢和他在一起，遏止不住地愿意和他在一起。

一个礼拜天，江玫第一次没有回家。她和齐虹商量好去颐和园。春天的颐和园真是花团锦簇，充满了生命的气息。来往的人都脱去了臃肿的冬装，显得那样轻盈可爱。江玫和齐虹沿着昆明湖畔向南走去，那边简直没有什么人，只有和暖的春风和他们做伴。绿得发亮的垂柳直向他们摆手。他们一路赞叹着春天，赞叹着生命，走到玉带桥旁边。

"这水多么清澈，多么丰满哪。"江玫满心欢喜地向桥洞下面跑去。她笑着想要摸一摸那湖水。齐虹几步就追上了她，正好在最低的一层石阶上把她抱住。

"你呀！你再走一步就掉到水里去了！"齐虹掠着她额前的短发，"我救了你的命，知道吗？小姑娘，你是我的。"

"我是你的。"江玫觉得世界上什么都不存在了。她靠在齐虹胸前，觉得这样感人的幸福渗透了他们。在她灵魂深处汹涌起伏着潮水似的柔情，把她和齐虹一起融化。

齐虹抬起了她的脸："你哭了？"

"是的。我不知为什么，为什么这样激动——"

齐虹也激动地望着她，在清澈的丰满的春天的水面上，映出了一双倒影。

齐虹喃喃地说："我第一次看见你，就是那个下雪天，你记得吗？我看见了你，当时就下了决心，一定要永远和你在一起，就像你头上的那两粒红豆，永远在一起，就像你那长长的双眉和你那双会笑的眼睛，永远在一起。"

"我还以为你没有看见我——"

"谁能看不见你！你像太阳一样发着光，谁能看不见你！"齐虹的语气是这样热烈，他的脸上真的散发出温暖的光辉。

他们循着没有人迹的长堤走去，因为没有别人而感到自由和高兴。江玫抬起她那双会笑的眼睛，悄声说："齐虹，咱们最好住在一个没有人的岛上，四面是茫茫的大海，只有你是唯一的人——"

齐虹快乐地喊了一声，用手围住她的腰。"那我真愿意！我恨人类！除了你！"

对于江玫来说，正是由于深切的爱，才产生这样的念头，她不懂齐虹为什么要联想到恨，未免有些诧异地望着他。她在齐虹光亮的眼睛里感到了热情，但在热情后面却有一些冰冷的东西，使她发抖。

齐虹注意到她的神色，改了话题："冷吗？我的小姑娘？"

"我只是奇怪，你怎么能恨——"

"你甜蜜的爱，就是珍宝，我不屑把处境和帝王对调。"齐虹顺口念着莎士比亚的两句诗，他确是真心的。可是江玫听来，觉得他对那两句诗的情感，更多于对她自己。她并没有多计较，只说是真有些冷，柔顺地在他手臂中，靠得更紧一些。

江玫的温柔的衰弱的母亲不大喜欢齐虹。江玫问她："他怎么不好？他哪里不好？"母亲忧愁地微笑着，说他是聪明极了，也称得起漂亮，但作为一个人，他似乎少些什么，究竟少些什么，母亲也说不出。在江玫充满爱情的心灵里，本来有着一个奇怪的空隙，这是任何在恋爱中的女孩子所不会感到的。而在江玫心里，这空隙是那样尖锐，那样明显，使她在夜里痛苦得不能入睡。她想马上看见他，听他不断地诉说他的爱情。但那空隙，是无论怎样的诉说也填不满的吧。母亲的话更增加了江玫心上的阴影，更何况还有肖素。

红五月里，真是热闹非凡。每天晚上都有晚会。五月五日，是诗歌朗诵会。最后一个朗诵节目是艾青的《火把》。江玫担任其中的唐尼。她本来是再也不肯去朗诵诗的，她正好是属于一听朗诵诗就浑身起鸡皮疙瘩的那种人。肖素只问了她两句话："喜欢这首诗不？""喜欢。""愿意多一些人知道它不？""愿意。""那好了。你去念吧。"江玫拂不过她，最后还是站到台上来了。她听到自己清越的声音飘在黑压压的人群上，又落在他们心里。她觉得自己就是举着火把游行的唐尼，感觉到一种完全新的、陌生的东西。而肖素正像是指导着唐尼的李茵。她愈念愈激动，脸上泛着红晕。她觉得自己在和上千的人共同呼吸，自己的情感和上千的人一同起落。"黑夜从这里逃遁了，哭泣在遥远的荒原。"那雄壮的齐诵好像是一种无穷的力量，推着她，使她想要奔跑，奔跑——

回到房间里，她对肖素说："我今天忽然懂得了大伙儿在一起的意思，那就是大家有一样的认识，一样的希望，爱同样的东西，也恨同样的东西。"

肖素直看着她，问道："你和齐虹有一样的认识，一样的期望吗？"

江玫怪肖素这时提到齐虹，打断了她那些体会，她那双会笑的眼睛严肃起来："我真不知道怎样告诉你，我和齐虹，照我看，有很多地方，是永远也不会一致的。"

肖素也严肃地说："本来就不会一致。小鸟儿，你是一个好女孩子，虽然天地窄小，却纯洁善良。齐虹憎恨人，他认为无论什么人彼此都是互相利用。他有的是疯狂的占有的爱，事实上他爱的还是自己。我和他已经同学四年——"

"你怎么能这样说他！我爱他！我告诉你我爱他！"江玫早忘了她和齐虹之间的分歧，觉得有一团火在胸中烧，她斩钉截铁地说，砰的一声关上房门，到走廊里去了。

"回来！回来。"第一声是严厉的，第二声是温柔的。肖素打开房门，看见她站在走廊里，眼睛像星星般亮。"你这礼拜天回家吗？有点儿事要你做。"

江玫是从不拒绝肖素的任何要求的。她隐约觉得肖素正在为一个伟大的事业做着工作，肖素的生活是和千百万人联系在一起的，非常炽热，似乎连石头也能温暖。她望着肖素，慢慢走了回来。

"什么事？交给我办好了。"

"你不回家吗？"

"原来想回去看看。听说面粉已经涨到三百万一袋了。前几天《大公报》登了几首小诗，有一点儿稿费，想去送给母亲。"江玫一下子觉得疲倦得要命，坐在椅子上。

肖素本来想说"不食人间烟火的江玫也知道关心物价了"，又一想，就没有说。只说："这里有几篇壁报稿子，礼拜一要出，你来把它们修改一遍，文字上弄通顺些，抄写清楚。我明天进城，可以把钱送给伯母。"她把稿子递给江玫，关心地看着她，说："过两天，咱们还要好好谈一谈。"

礼拜天，江玫吃过早饭就坐在桌旁看那些稿子。为什么这些短短的、文字并不怎么通顺的文章这样有说服力？要民主反饥饿，像钟声一样在江玫耳边敲着。参加新诗朗诵会的兴奋心情又升起来了。《火把》中的唐尼的形象仿佛正站在窗帘上。

有人敲门。

"江玫！"是齐虹的声音。

江玫转过头去，正是齐虹站在门口，一脸温柔的笑意，在看着江玫。

"哦！你来了！"

"昨天晚上到你家里去了，伯母说你没有回来。我连家也没有回，就回学校来了。"他走上来握住江玫的手。

一提起齐虹的家，江玫眼前就浮现出富丽堂皇的大厅，老银行家在数着银圆，叮叮当当响，这和江玫手上的那些文章很不调和。甚至齐虹，这温文尔雅的齐虹，也和它们很不调和，但江玫看见他，还是很高兴的。

"在干什么？要出壁报吗？听说你还朗诵诗？你怎么也参加民主运动了？我的女诗人！"

江玫不太喜欢他那说话的语气，颔首要他坐下。

"我是来找你出去玩的。你看天气多么好！转眼就是夏天了。我来接你到'绝域'去做春季大扫除。"

"绝域"是他们两个都喜欢的一个童话《彼得·潘》中的神仙领域。他们的爱情就建筑在这些并不存在的童话、终究要萎谢的花朵、要散的云、会缺的月上面。

"今天不行啊，齐虹。"江玫抱歉地说。她抽回了自己的手，理了理放在桌上的稿子："肖素要我——"

"肖素！又是肖素！你怎么这么听她的话！"齐虹不耐烦地说。

"她的话对嘛！"

"可是你知道我多么想和你在一起，去听那新生的小蝉的叫唤，去看那新长出来的小小的荷叶——我想要怎样，就要做到！"齐虹脸上温柔的笑意不见了，好像江玫是他的一本书，或者一件仪器。

江玫惊诧地望着他。

"也许，你还会去参加游行吧！你真傻透了！就知道一个肖素！"愤怒的阴云使他的脸变得很凶恶。但他马上又换上一副温和的腔调："跟我去吧，我的小姑娘。"

江玫咬着自己的嘴唇，几乎咬出血来。

门外有人叫："小鸟儿！江玫！快来看看这幅漫画，合适不合适。"

江玫想要出去。齐虹却站在桌前不放她走。江玫绕到桌子这边，齐虹也绕了过来，照旧拦住她。江玫又急又气，怎么推他也推不动。不一会儿，江玫的头发散乱，那红豆发夹落在地上，马上就被齐虹那穿着两色镶皮鞋的脚踩碎了，满地散着黑白两色的小珠。江玫觉得自己整个的灵魂正像那个发夹一样给压碎了。她再没有一点儿力气，屈辱地伏在桌子上哭起来。

齐虹需要的正是这样的哭泣。他捡起那两粒红豆，极其体贴地抚着她的肩说："原谅我，原谅我！我太任性，我只是想要和你在一起，我需要你——"

"别哭了，别哭了，我的小姑娘。"齐虹真的着急起来，"我再也不惹你生气了，再也不——再也不——"

江玫觉得这一切真没意思。她很快就抬起头来，擦干了眼泪。她看出来壁报是编不成了，但她也下定决心不跟他出去。只呆呆地坐着，望着窗外。

"好了，好了，不要生气。我来做个盒子把这两粒红豆装起来吧，做个纪念，以后绝不会再惹你。咱们该把这两粒红豆藏在哪儿？"

以后，这两粒红豆就被装在一个精致的盒子里面，放在耶稣像后面的小洞里。那小洞是齐虹偶然发现的。江玫睡在床上看见耶稣的像，总觉得他太累，因为他负荷着那么多人世间的痛苦。

这一次争吵以后，齐虹和江玫并不是没再争吵，而是把争吵、哭泣变成了他们爱情中的一部分。他们每次见面总有一阵风波，有时大有时小，但如有一天不见面，不看到对方，对于他们而言却又是受不了的事。他们的爱情正像鸦片烟一样，使人不幸，而又断绝不了。江玫一天天地消瘦了，苍白了，母亲望着她忍不住哭。齐虹脸上那种漠不关心的神气消失了，换上的是提心吊胆的急躁和忧愁。因为他对人生不信任，他对爱情也不信任，他监视着爱情，监视着幸福，监视着江玫。

就在这个时候，江玫也一天天明白了许多事。她知道少数人剥削多数人的制度该被打破。她那善良的少女的心，希望大家都过好的生活。而且物价的飞涨正影响着江玫那平静温暖的小天地。母亲存着一些积蓄的那家银行忽然关了门，江玫和母亲一下子变成舅舅的负担了。江玫是决不愿意成为别人的负担的。她渴望着新的生活，新的社会秩序。共产党在她心里，已经成为一盏导向幸福自由的灯，灯光虽还模糊，但毕竟是看得见的了。

也就在这时候，江玫的母亲原有的贫血症愈来愈严重，医生说必须加紧治疗，每天注射肝精针，再拖下去的话，后果不堪设想。但是这一笔医药费用筹集起来谈何容易！舅舅已经是自顾不暇了，难道还去麻烦他？本来和齐虹提也可以，但是江玫绝不愿求他。江玫只自己发愁，夜里睡不着觉。

肖素很快就看出来江玫有心事。一盘问，江玫就一五一十告诉了她。

"那可不能拖下去。"肖素立刻说，她那白白的脸上的神色总是那样果断，"我输血给她！小鸟儿，你看，我这样胖！"她含笑弯起了手臂。

江玫感动地抱住了她："不行，肖素。你和我的血型一样，和母亲不一样，不能输血。"

"那怎么办？我们总得想办法去筹一笔款子。"

第三天晚上，肖素兴高采烈地冲进房间，一进来就喊："江玫！快看！"江玫吃惊地看她，她大笑着，扬起了一沓钞票。

"素！哪里来的？你怎么这样有本事？"江玫也笑了，笑得那样安心。这种笑，是齐虹极想要看而看不到的。

"你别管，明天快拿去给伯母治病吧。"肖素眨眨眼睛，故作神秘地说。

"非要知道不可！不然我不安心！"

"别说了。我要睡觉了。"肖素笑过后，一下子显得很是疲倦。她脱去了朴素的蓝外套，只穿着短袖花布旗袍，坐在床边上。

江玫上下打量她，忽然看见她的臂弯里贴着一块橡皮膏。江玫过去拉起她的手，看看橡皮膏，又看看她的脸。

"有什么好打量的?"肖素微笑着抽回了手,盖上了被。

"你——抽了血?"

肖素满不在乎地说:"我卖了血。不止我一个人,还有几个伙伴。"

人常常会在一刹那,也许只是因为一个眼神一个手势,伤透了心,破坏了友谊。人也常常会在一刹那,也许就因为手臂上的一点针孔,建立了生死不渝的感情。江玫这时什么话也说不出来。她一下子跪在床边,用两只手遮住了脸。

礼拜六,江玫一定要肖素自己送钱去给母亲。肖素答应了和江玫一道回家,江玫也答应了肖素不告诉母亲钱的来源。两人欢欢喜喜回家去了。到了家,江玫才发现母亲已经病倒在床,这几天饭都是舅母那边送过来的。她站在衰老病弱的母亲床边,一阵心酸,眼泪夺眶而出。肖素也拿出了手绢,但她不只是看见这一位母亲躺在床上,她还看见千百万个母亲形销骨立、心神破碎地被压倒在地下。

这一晚,两人做了面,端在母亲床边一同吃了。母亲因为高兴,精神也好了起来。她吃过面,笑着说:"我真是病得老糊涂了,今天你舅母来,问我有火没有,我听成有狗没有。直告诉她从前咱们养了一只狗,名叫斐斐——"肖素和江玫听了笑得不得了。江玫正笑着,想起了齐虹。她想:这种生活和感情是齐虹永远不会懂的。她也没有一点儿告诉给他的欲望。

六月,反对美国扶植日本的运动达到了高潮。江玫比以前更关心当前的政治局势。她感到美国正在筹谋着什么坏主意。很明显,扶植压迫中国人民八年之久的日本,在每一个中国人心上都会引起抑制不住的愤怒。

有一天，肖素和江玫坐在窗前，读着当时美驻华大使司徒雷登在报上发表的声明，一面读一面生气。声明中说："如使日人成为饥饿不安之人民，则日人亦将续为和平之威胁，此种情形适为共产主义所需。如吾人诚意为一般之利益计，必须消灭鼓励共产主义之因素。"这可以看清楚美国的目的究竟何在了。读完报纸，江玫愤愤地说："要不要共产主义，是我们自己的事！"

肖素微笑道："你知道共产主义是什么？"

江玫坦率地说："我不知道。不过我想那种生活总不会比现在坏。那时的人，都像你一样——"

肖素又笑道："现在哪里不够好？你吃着大米饭，穿着花布旗袍，还坏吗？"

江玫轻倚着肖素，一面想，一面说："这个人吃人的社会，不只在物质上，也在精神上。"她出了一会儿神，又说："肖素，要知道，我是多么寂寞呀。"

肖素抚着她的肩，说："人生的道路，本来不是平坦的。要和坏人斗争，也要和自己斗争——"以后江玫在最困难的时候，总会想起这几句话。

六月九日，北京学生举行反美扶日大游行，江玫也参加了。

那天早上，窗外还黑得像老鸦的翅膀，江玫就起来收拾医药包，她是救护队的。她看看肖素空了一夜的床，又看看救护包上的红十字，心想肖素这一夜不知忙得怎样了，也许今天就会用这包里的绷带、纱布来救护她吧。不知为什么，江玫特别为肖素和几个社团里的同学担心，江玫摸摸碘酒和红药水的药瓶，心中又兴奋，又不安。

"小鸟儿快走哇!"同学们在门外叫起来了。

她们跑到操场上,夏天的太阳刚在东柳村那边村庄的屋顶上射出一片红光。肖素正在人丛里,她分明是一夜没有睡,胖胖的面庞有些苍白,但精神还是那样好。她看见江玫和同学们跑来,脸上闪过一个嘉许的微笑。

"江玫!"

"肖素!"江玫悄悄地塞给她一个大苹果,那是齐虹昨天送来的。对于齐虹不断向西楼运来的各式各样的礼物,江玫只偶尔接受一点儿水果和糖食。

长长的队伍出发了,举着各种标语,沉默地走在郊外的大道上,愈走天愈亮,愈走路愈分明。一个男同学问江玫:"药包重吗?我代你拿。"江玫微笑,说:"一个士兵的枪,能让人家代他背着吗?"那男同学也微笑,看着她穿着白衬衫蓝长裤红背心的雄赳赳的样子,问:"你永远都要做一个兵?"江玫严肃地睁大眼睛,略微一想,她回答:"是的,永远。"

队伍七点钟就到了西直门,可是城门关了,进不去。人群中有人喊着:"不开城门,决不回校!"有的喊着:"大家冲啊,冲进去!"一时群情激昂,人声嘈杂,那些标语牌子忽高忽低地起伏着。肖素在队伍里跑来跑去叫着:"别嚷!别乱!已经去交涉了。"江玫忽然很希望自己是一个手执拂尘的仙女,用拂尘一指,城门马上便开——自己这样想想,又觉得好笑,还是等肖素他们交涉,肖素比仙女有用得多。

果然到九点钟时,城门开了,队伍拥进城去,正遇到城里几个大学的同学拥在门前迎接他们。"同学们,你们好!""兄弟们,你们好!"热情的呼声,此起彼落,江玫觉得泪水已盈满了眼眶，她连忙低下头，看着自己的鞋尖。

游行开始了，大家一步步地走着，一声声地喊着。"反对美国扶植日本！""要自由！""要独立！"口号像炸弹一样在空中炸了开来，路旁有些军警脸上带着惊慌的神色，江玫几乎来不及想喊了什么，只觉得每一步路每一声喊都使大家更接近光明——

队伍走过了西四、西单、天安门，绕南池子到北京大学的民主广场。走过天安门的时候，江玫望着那雄伟的建筑，心里生起一种怜悯而又惭愧的心情。天安门在不肖的子孙手里，蒙受了多少耻辱。江玫觉得那剥落的红墙也在盼望着：新的社会快点儿来，让中华民族站起来，让天安门也站起来！

在民主广场举行了群众大会，有几个教授讲演。也许是累了，也许是别的原因，江玫觉得思想很不集中，那种兴奋和激动已经过去了。她惦记着那黄昏笼罩了的初夏的校园，惦记着自己住的西楼，说得更确切些，她是惦记着在西楼窗下徘徊的那个年轻人。天知道他会急成什么样子，会发多么大的脾气，会做出怎样的事来！她把肩上挎的药包紧了紧，感觉到一阵头昏。

肖素走过来，低声问："你不舒服吗？"

"没有，一点儿都没有！"江玫连忙振作起精神。自己暗暗责骂自己，在这样的场合，偏会想到他！

大队回到学校时，灯光已经缀满校园。江玫回到房间里，两腿再也抬不起来，像是绑上了两块大石头。这时有人敲门，江玫心中一紧，感到一场风暴就要发生了，她靠在床栏杆上，默默地啜着热水。门开了，进来的是老赵。他的眉头皱得打了结，手里拿着一个破碎的糖盒子，往桌上一放说："哎哟江小姐！可真不得了啦！我活了这么大年纪也没见过脾气这么火暴的人！你们这位齐先生别是用公鸡血喂大的吧？他要死了，准得下冰冻地狱把人镇凉了才行，要不然连阎王殿都给烧啦！"

"什么'你们齐先生'？别这么说。他怎么了？你快说呀。"江玫放下了手中的杯子。

"今儿个下午他来找您，我说江小姐游行去了。他一听，就把他带来的这盒糖扔到大门外台阶上了，像是扔球似的！盒子破了，糖都滚了出来，我看这盒糖啊，值一袋面的钱，心里怪舍不得，我说：'齐先生，江小姐不在，你把东西留下得了，干吗发这么大的火呀？'他一听更急了，一张脸煞红煞白，抄起门房的一个茶杯就摔在玻璃窗上，哗啦！你瞧瞧这满地的玻璃碴子！我看他是有点儿疯病！摔完了拔腿就走，还扔在台阶上三百万的票子，那是让我们修玻璃买茶杯？您说是不是？"

"别说了。"江玫无力地挥手，"就补块玻璃买个茶杯吧。"

"这糖，我看怪可惜的，给您捡回来了。"

"你带回家去，那不是我的，我不要。"

这时肖素已经进来了，她把这一段话都听了去。她一回来就洗脸洗脚，都收拾好了就伏在桌上写什么。而江玫还靠在床栏杆上，一动也不动。

肖素停下笔来："你干什么？小鸟儿！你这样会毁了自己的。看出来了没有？齐虹的灵魂深处是自私、残暴和野蛮，干吗要折磨自己？结束了吧，你那爱情！到我们中间来，我们都欢迎你，爱你——"肖素走过来，用两臂围着江玫的肩。

"可是，齐虹——"江玫没有完全明白肖素在说什么。

"什么齐虹！忘掉他！"肖素几乎是生气地喊了起来，"你是个好孩子，心肠好，又聪明能干，可是这爱情会毒死你！忘掉他！答应我！小鸟儿。"

江玫还从没有想到要忘掉齐虹。他不知怎么就闯入了她的生命，她也永不会知道该如何把他赶出去。她迟钝地说："忘掉他——忘掉他——我死了，就自然会忘掉。"

肖素真生她的气："怎么这样说话！好好的非要说到死！我可想活呢，而且要活得有价值！"她说着，颜色有些凄然。

"怎么了？素姐！"细心而体贴的江玫一眼就看出肖素有什么不平常的事。对肖素的关心一下子把自己的痛苦冲了开去。

肖素望着窗外，想了一会儿，说："危险得很。小鸟儿，我离开你以后，你还是要走我们的路，是不是？千万不要跟着齐虹走，他真会毁了你的。"

"离开我？"江玫一把抱住了肖素，"离开我？为什么！我要跟你在一起！"

"我要毕业了呀，家里要我回湖南去教书。"肖素似真似假地回答。她是湖南人，父亲是个中学教员。

"毕业？"

"是毕业呀。"

可是肖素并没有毕业，当然也没有回湖南去教书。她去参加毕业考试的最后一项科目后，就没有回来。

同学们跑来告诉江玫时，江玫正在为"英国小说选读"这一门课写读书报告，读的书是英国女作家艾米莉·勃朗特的《呼啸山庄》。江玫和齐虹常常谈论这本书。齐虹对这本书有那么多精辟的见解，了解得那样透彻，他真该是最懂得人生、最热爱人生的，但是竟不然。

肖素被捕的消息一下子就把江玫从《呼啸山庄》里拉出来

了。江玫跳起来夺门而出，不顾那精心写作的读书报告撒得满地。好些同学跟她一起跑出了西楼，一直跑到学校门口，只看见一条笔直的马路，空荡荡的，望不到头。路边的洋槐散发着淡淡的香气。江玫手扶着一棵洋槐树，连声问："在哪儿？在哪儿？"一个同学痛心地说："早装上闷罐子车，这会儿到了警察局了。"江玫觉得天旋地转，两腿再没有一点儿力气，一下子就坐在地上了。大家都拥上来看她，有的同学过来搀扶她。

"你怎么了？"

"打起精神来，江玫！"

大家喊喊喳喳说着。是谁愤愤的声音特别响："流血，流泪，逮捕，更教人睁开了眼睛！"

"是呀！"江玫心里说，"逮走一个肖素，会让更多的人都成长为肖素。"

江玫弄不清楚人群怎样就散开了，而自己却靠在齐虹的手臂上，缓缓走着。

齐虹对她说："我们系里那些同学嚷嚷着江玫晕倒了，我就明白是为了那肖素的缘故，连忙赶来。"

"对了。你们不是一起考理论物理吗？听说她是在课堂上抓走的。"江玫这时多么希望齐虹谈谈肖素。

"是在考试时被抓走的。你看，干那些民主活动，有什么好下场！你还要跟着她跑！我劝你多少次——"

"什么！你说什么！"江玫叫了起来，她那会笑的眼睛射出了火光，"你！你真是没有心肝！"她把齐虹扶着她的手臂用力一推，自己向宿舍跑去了。她跑得那么快，好像后面有什么妖魔鬼怪在追着她。

她好不容易跑到自己房间，一下子扑在床上，半天喘不过气来。这时齐虹的手又轻轻放在她肩上了。齐虹非常吃惊，他不懂江玫为什么会发这么大的脾气，他屈着一膝伏在床前说："我又惹了你吗？玫！我不过妒忌着肖素罢了，你太关心她了。你把我放在什么地方？我常常恨她，真的，我觉得就是她在分开咱们俩——"

　　"不是她分开我们，是我们自己的道路不一样。"江玫抽噎着说。

　　"什么？为什么不一样？我们有些看法不同，我们常常打架，我的脾气，确实不好。不过，那有什么关系，反正我只知道，没有你就不行。我还没有告诉你，玫，我家里因为近来局势紧张，预备搬到美国去，他们要我也到美国去留学。"

　　"你！到美国去？"江玫猛然坐了起来。

　　"是的。还有你，玫。我已经和父亲说到了你，虽然你从来都拒绝到我家里去，但他们对你都很熟悉。我常给他们看你的相片。"齐虹得意地拿出他随身携带的小皮夹子，那里面装着江玫的一张照片，是齐虹从她家里偷去的。那是江玫十七岁时照的，一双弯弯的充满了笑意的眼睛，还有那深色的嘴唇微微翘起，像是在和谁赌气。"我对他们说，你是一首最美的诗，一支最美的乐曲。"若是说起赞美江玫的话来，那是谁也比不上齐虹的。

　　"不要说了。"江玫辛酸地止住了他，"不管是什么，可不能把你留在你的祖国呀。"

　　"可是你是要和我一块儿去的，玫，你可以接着念大学，我们要永远在一起，没有任何东西能分开我们。"

　　"不要说了，不要说了。"这是江玫唯一能说的话。

心上的重压逼得江玫走投无路。她真怕看到肖素留下的那张空床，那白被单刺得她眼睛发痛。没有到礼拜六，她就回家去了。那晚正停电，母亲坐在摇曳的烛光下面缝着什么，在阴影里，她显得那样苍老而且衰弱，江玫心里一阵发痛，无声地唤着"心爱的母亲，可怜的母亲"，眼泪不由自主地流了下来。

"玫儿！"母亲丢下手中的活计。

"妈妈！肖素被捉走了。"

"她被捉走了？"母亲对女儿的好朋友是熟悉的。她也深深爱着那坦率纯朴的姑娘，但她对这个消息竟有些漠然，她好像没有知觉似的沉默着，坐在阴影里。

"肖素被捉走了。"江玫又重复了一遍。她眼前仿佛看见一个殷红的圆圆的面孔。

"早想得到哇。"母亲喃喃地说。

江玫把手中的书包扔到桌上，跑过来抱住母亲的两腿。"您知道？"

"我不知道，但我想得到。"母亲叹了一口气，用她枯瘦的手遮住自己的脸，停了一下，才说，"我一直没有告诉你。我想着，没有父亲的日子，对我的小女儿来说，已经够受的了，怎能再加上别的缘故，让你的日子更沉重。要知道你的父亲，十五年前，也是这样不明不白地就再没有回来。他从来也没有害过什么肠炎、胃炎，只是那些人说他思想有毛病。他脾气倔，不会应酬人，还有些别的什么道理，我不懂，说不明白。他反正没有杀人放火，可我们就这样糊里糊涂地再也看不见他了。"母亲说着，失声痛哭起来。

原来父亲并不是死于什么肠炎！难怪母亲常常说不该有一个

人屈死。屈死！父亲正是屈死的！江玫几乎要叫出来。她也放声哭了，母亲抚摸着她的头，眼泪浇湿了她的头发。

　　从父亲死后，江玫只看见母亲无言流泪，还从没有看见她这样激动过。衰弱的母亲，心底埋藏了多少悲痛和仇恨！江玫觉得母亲的眼泪滴落在她头上，这眼泪使得她平静下来了。是的，难道还要这屈死人的社会吗？彷徨挣扎的痛苦离开了她，仿佛有一种大力量支持着她走自己选择的路。她把母亲粗糙的手搁在自己被泪水浸湿的脸颊上，低声唤着："父亲——我的父亲——"

　　门轻轻开了，烛光把齐虹的修长的影子投在墙上，母亲吃惊地转过头去。江玫知道是齐虹，仍埋着头不作声。齐虹应酬般地唤了一声"伯母"，便对江玫说："你怎么今天回家来了？我到处找你找不着。"

　　江玫没有理他，抬头告诉母亲："他要到美国去。"

　　"是要和江玫一块儿去，伯母。"齐虹抢着加了一句。

　　"孩子，你会去吗？"母亲用颤抖的手摸着女儿的头。

　　"您说呢？妈妈。"江玫抱住母亲的双膝，抬起了满是泪痕的脸。

　　"我放心你。"

　　"您同意她去了？伯母？"人总是照自己所期待的那样理解别人的话，齐虹惊喜万分地走过来。

　　"母亲放心我自己做决定。她知道我不会去。"江玫站起来，直望着齐虹那张清秀的象牙色的脸。齐虹浑身上下都滴着水，好像他是游过一条大河来到她家似的。

　　可是齐虹自己一点儿不觉得淋湿了，他只看见江玫满脸泪痕，连忙拿出手帕来给她擦，说："咱们别再闹别扭了，玫，老打架有什么意思？"

"是下雨了吗？"母亲收起她的活计，"你们商量吧，玫儿，记住你的父亲。"

　　"我不知道下雨了没有。"齐虹心不在焉地回答，他没有看见江玫的母亲已经走出房去，他的眼睛一刻都没有离开江玫。

　　江玫呆呆地瞪着他，任他拭去脸上的泪，叹了一口气，说："看来竟不能不分手了。我们的爱情还没有能让我们舍弃自己的一生。"

　　"我们一定会过得非常舒适而且快活，为什么提到舍弃？为什么提到分手？"齐虹狂热地吻着他最熟悉的那有着粉红色指甲的小手。

　　"那你留下来！"江玫还是呆呆地看着他。

　　"我留下来？我的小姑娘，要我跟着你满街贴标语，到处去游行吗？我们是特殊的人，难道要我丢了我的物理和音乐，我的生活方式，跟着什么群众瞎跑一气，扔开智慧，去找愚蠢！傻心眼的小姑娘，你还根本不懂生活，你再长大一点儿，就不会这样天真了。"

　　"傻心眼？人总还是傻点儿好！"

　　"你一定得跟我走！"

　　"跟你走，什么都扔了。扔开我的祖国、我的道路，扔开我的母亲，还扔开我的父亲！"江玫的声音细若游丝，她自己都听不见自己在说什么。说到父亲两个字，她的声音猛然大起来，自己也吃了一惊。

　　"可是你有我。玫！"齐虹用责备的语气说。他看见江玫眼睛里闪耀一种奇怪的火光，不觉放松了江玫的手。紧接着一阵遏止不住的渴望和激怒使他抓住了江玫的肩膀。他压低了声音，一字一字地说："我恨不得杀了你，把你装在棺材里带走。"

江玫回答说："我宁愿听说你死了，也不愿知道你活得不像个人。"

风呼啸着，雨滴急速地落着。疾风骤雨，一阵比一阵紧，忽然哗啦一声响，是什么东西摔碎了。齐虹把江玫搂在胸前，借着闪电的惨白的光辉，看见窗外台阶上的夹竹桃被风刮到了台阶下。江玫心里又是一阵疼痛，她觉得自己的爱情，正像那粉碎了的花盆一样，像那被吹落的花朵一样，永远不能再重新完整起来，永远不能再重新开在枝头。

这种爱情，就像碎玻璃一样割着人。齐虹和江玫，虽然都把话说得那样决绝，却还是形影相随。花池畔，树林中，不断地增添着他们新的足迹。他们也还是不断地争吵、流泪。

十月里东北局势紧张，解放军排山倒海地压来，解放了好几座城市。当时蒋介石提出的方针是："维持东北，确保华北，肃清华中。"虽然对华北是确保，但华北的"贵人"们还是纷纷南迁。齐虹的家在秋初就全部飞南京转沪赴美了，只有齐虹一个人留在北平。他告诉家里论文还有点儿尾巴没写好，拿不到毕业文凭，而实际上，他还在等着江玫回心转意。他根本不相信江玫可能不跟他走。他，齐虹，这样的齐虹，又在发疯地爱着的齐虹！在那执拗的江玫面前，他不止一次地想，若真能把她包扎起来带走该有多好！他脸上的神色愈来愈焦愁、紧张，眼神透露着一种凶恶。这些都常在黑夜里震荡着江玫的梦。

江玫的梦现在已不是那种透明的、颜色非常鲜亮的少女的梦了。局势的变化，肖素的被捕，齐虹的爱，以及自己的复杂的感情，使她懂了许多事。在抗议"七五"事件（国民党屠杀东北来的青年学生）的游行里，她已经不再当救护队，而打着"反剿民，要活命，要请愿"的大标语走在队伍的前列了。她领头喊着"为死者申冤，为生者请命"的口号，她奇怪自己的声音竟会这样响。她想到，在死者里面有她的父亲；在生者里面有母亲、肖素和她自己。她渴望着把青春贡献给为了整个人类解放的事业，她渴望着生活来一次翻天覆地的变动。

后来据肖素说（肖素在新中国成立后出狱，在广播电台做播音员，向全世界广播北京的声音），那时的地下组织原打算发展江玫参加地下民主青年联盟的，只是她和齐虹的感情，让人闹不清她究竟爱什么，憎恶什么，就搁下来了。江玫听说这话，只轻轻叹了口气。

一九四八年冬天，北平已经到了解放前夕。城里流传着这样的民谣："家家挂红灯，迎接毛泽东。"连最沉得住气的反动官员们、大亨们也都纷纷逃走了。齐虹家里几乎是一天一封电报催他走，并且代他订了飞机座位。那时江玫的中心工作是和同学们一起讨论怎样应"变"，宣传护校。她为即将到来的解放，感到兴奋，好像等待着一件期待已久的亲人的礼物，满怀着感情，幻想解放后的日子。而同时，她和齐虹那注定了的无可挽回的分别啮咬着她的心。她觉得自己的心一面在开着花，一面又在萎缩。

一天，齐虹进城去了，直到晚上还没有露面。江玫坐在图书馆里，一页书也没有看，进来一个人她就抬头，可是直到电灯关了，齐虹还是不见。她忽然想，很可能他已经走了。走了，永远再也见不到他了。可是江玫一定还要再看他一眼，最后一眼！"齐虹！齐虹！"江玫几乎要叫出来，叫得全图书馆都听见。她连忙紧咬着嘴唇，快步走出了图书馆。

那是那一年冬天的第一个下雪天。路上的雪还没有上冻，灯光照在雪花上，闪闪的刺人的眼。江玫一直向北楼走去，她想看一看那正对着一棵白杨树梢的窗子有没有灯光。那个房间她从没有去过，可是那窗口她却十分熟悉。齐虹常对她讲窗口的白杨树叶的沙沙声怎样伴着他度过多少不眠的夜。透过飞舞着的迷乱的雪花，她一下子就找到那棵白杨树，而那白杨树梢的窗口，漆黑一片，没有灯光。

江玫的心沉了下去。她两腿发软，站在北楼前，一动不动。

也许他从城里回来太累，已经去睡了？也许他还没有回来？江玫快步走进了北楼，走到齐虹的房间，她敲门又推门，门是锁着的。

"难道再见不着他了？真见不着他了！"江玫走出北楼，心里在大声哭泣。她完全没有看见新诗社的一个同学从她身边走过，也没有听见人家在唤着"小鸟儿"。

好不容易走到西楼，江玫真是一点儿力气都没有了。她想找个地方靠一靠再上楼，一眼看见自己房间里有灯光。那房间，自从肖素被抓去以后，是那样空，那样冷，晚上进去总是黑洞洞的。这时竟点着灯，这灯光温暖了江玫，她三步并作两步跑上去，在门外就叫着："虹！"

果然是齐虹在房间里等她，满脸的焦急使他看上去苍老了许多。他一看见江玫，连忙迎上来握着她的手，疲倦地、也多少有些安心地说："你到底回来了！我以为我再也见不着你了。"

江玫没有回答。她怕自己会把刚才那一番焦急向他倾吐，会让他明白她多离不开他。而他却要走了，永远地走了。

"明天一早的飞机，今晚就要去机场。"齐虹焦躁地说，"一切都已经定了，怎么样？咱们就得分别吗？"

"分别？——永远不能再见你——"江玫看着那耶稣受难的像，她仿佛看见那像后的两粒红豆。

"完全可以不分别，永不分别！玫！只要你说一声同我一道走，我的小姑娘。"

"不行。"

"不行！你就不能为我牺牲一点儿！你说过只愿意跟我在一起！"

"你自己呢？"江玫的目光这样说。

"我嘛！我走的路是对的。我绝不能忍受看见我爱的人去过那种什么'人民'的生活！你该跟着我！你知道吗！我从来没有这样求过人！玫！你听我说！"

"不行。"

"真的不行吗？你就像看见一个临死的人而不肯去救他一样，可他一死去就再也不会活转来了。再也不会活了！走开的人永远也不会再回来。你会后悔的，玫！我的玫！"他用力摇着江玫的肩。

"我不后悔。"

齐虹看着她的眼睛，还是那亮得奇怪的火光。他叹了一口气："好，那么，送我下楼吧。"

江玫温柔地代他系好围巾，拉好了大衣领子，一言不发，送他下楼。

纷飞的雪花在无边的夜里飘荡，夜，是那样静，那样静。他们一出楼门，马上开过来一辆小汽车。从车里跳出一个魁梧的司机。齐虹对司机摇摇手，把江玫领到路灯下，看着她，摇头，说："我原来预备抢你走的。你知道吗？你看，我预备了车，飞机票也买好了。不过，我看了出来，那样做，你会恨我一辈子。你会的，不是吗?"他拿出一张飞机票，也许他还希望江玫会忽然同意跟他走，迟疑了一下，然后把它撕成几片。碎纸片混在飞舞的雪花中，不见了。"再见！我的玫。我的女诗人！我的女革命家!"他最后几句话，语气非常尖刻。江玫看见他的脸因为痛苦而变了形，他的眼睛红肿，嘴唇出血，脸上充满了烦躁和不安。江玫忽然想起，第一次看见他时，他脸上那种漠不关心，什么都看不见的神气。

江玫想说点儿什么，但说不出来，好像有千把刀子插在喉头。她心里想："我要撑过这一分钟，无论如何要撑过这一分钟。"觉得齐虹冰凉的嘴唇落在她的额上，然后汽车响了起来。周围只剩下一片白，天旋地转的白，淹没了一切的白。

她最后对齐虹说的一句话就是"我不后悔"。

江玫果然没有后悔。那时称她革命家是一种讽刺，这时她已经真的成长为一个好的党的工作者了。渐渐健康起来的母亲骄傲地对人说："她父亲有这样一个女儿，死得也不算冤了。"

雪还在下着。江玫手里握着的红豆已经被泪水滴湿了。

"江玫！小鸟儿!"老赵在外面喊着，"有多少人来看你啦！史书记、老马、郑先生、王同志，还有小耗子……"

一阵笑语声打断了老赵不伦不类的通报。江玫刚流过泪的眼睛早已又充满了笑意。她把红豆和盒子放在一旁，从床边站了起来。

《人民文学》1957年第7期